人嫌い王子と祝福の花嫁

chi-co

23487

角川ルビー文庫

人嫌い王子と祝福の花嫁
声にも、眼差しにも、溢れんばかりの愛情を感じた。いったいいつから、アドルファスはそんなふうに見てくれていたのだろうか。

ゆっくりと、綺麗な顔が近づいてくる。美しい色違いの双眼がメルを絡めとり、

「……」

合わさるだけの口づけを受けた瞬間、目の前が真っ白になったメルは背中の痛みを感じながら意識を手放した。

目次

口絵・本文イラスト／北沢きょう

序章

「おめでとう、メル。次の昇格《しょうかく》試験に君が選ばれました」

「えっ」

思いがけない言葉に、メルは嬉《うれ》しさよりも驚《おどろ》きが先に立ち、ただ目の前の役人天使を見つめることしかできなかった。

神に仕える、幾人《いくにん》もの天使。その天使を支えるのは、数多《あまた》いる天使見習いだ。天使に昇格することは相当困難で、メルは自分の番はかなり先だろうと漠然《ばくぜん》と思っていた。

「あなたの行いを、神はちゃんとご覧になっています。良かったですね、メル」

天使見習いたちを統《す》べる役人天使は、柔《やわ》らかな笑《え》みを向けてくる。メルは両手を胸の前で握《にぎ》りしめ、歓喜《かんき》に叫《さけ》びそうになる気持ちをどうにか耐《た》えた。

「これから昇格試験の内容を伝えます。私についてきなさい」

どうやらいきなり試験が始まるらしい。さっさと背を向けた役人天使にメルは慌《あわ》ててついていこうとしたが、その背を見ているうちにふと懐《なつ》かしい存在のことを思い出した。

「あ、あのっ、少し時間をいただけませんか？」

思い出した途端《とたん》、メルは慌てて声を上げていた。

「どうしたのです？　今担当している仕事は他《ほか》の見習いたちに振《ふ》り分けるので大丈夫《だいじょうぶ》ですよ」

「い、いいえ、あ、仕事のことはありがとうございます。その、ぜひ、会ってこのことをお伝えしたい方がいて……」

「……ウルヤナのことでしょうか」

「はいっ」

ウルヤナ――彼はメルが天界に生まれた時に教育係をしてくれた天使だ。

生まれたばかりの天使見習いたちをまるで親のように慈《いつく》しんでくれ、天使見習いとして一人立ちするまでずっと側《そば》にいてくれた。

彼とは時折天界で顔を合わせていたが、最近は忙《いそが》しいのか会うことがなくなっていた。どうしているだろうかと頭の片隅《かたすみ》では思っていたのだ。

だからこそ、今回のこの名誉《めいよ》を、自分の口から説明したかった。きっと、優《やさ》しい彼は己《おのれ》のことのように喜んでくれるに違《ちが》いない。

目の前の役人天使が快く頷《うなず》いてくれるだろうと、メルは信じて疑わなかった。

「ウルヤナは、もう天界にはおりません」

「……え？」

その意味がわからなかった。

「いないって……あの、もしかしてウルヤナ様は担当が変わられたのですか？」

メルが知らない間に担当部署が変わってしまったのだろうか。

疑問をそのまま口にしたメルに、告げられたのは信じられない事実だった。

「いいえ、彼は天界を追放……堕天しました」

「……え？」

続く言葉がうまく理解できなくて、メルは思わず聞き返してしまう。

「あの、だてんって？」

「彼はもう天使ではありません」

「！」

もう天使ではない。そうはっきり言い切られ、メルは息をのんだ。

（だてんって、え？　あの堕天？　ウルヤナ様が？　え……どうして？）

堕天。

天使見習いとして生まれたメルたちに、ウルヤナ自身が繰《く》り返し説明してくれた理《ことわり》。

【いいですか？　天使というものは人間を皆《みな》平等に愛するのです。なぜならば、人間は神が慈しむ存在で、神もまた、人間を平等に愛しているからです】

神の御手《みて》として存在する天使は、神の御心に添うべきもの。

神の愛で生まれてきた天使見習いにとって、その言葉は至極《しごく》当然のものだった。だからこそ、その理を教えてくれたウルヤナ本人が神を裏切ったなんて信じられない。

「あ、あのっ、ウルヤナ様は今どこにっ？」

罰《ばつ》を受けているのか。泣いていないか、苦しんでいないだろうか。

必死に問いかけるメルに、役人天使は穏《おだ》やかに笑んだ。

「ウルヤナは、神によって地上に堕《お》とされました。人間になったのです」

「に、んげん、に？」

「さあ、行きましょうメル。生真面目《きまじめ》なあなたは立派な天使になるだろうと、ウルヤナが話していたことがあります。私も、それを期待しています」

「……っ」

「試験の内容は、神が直接あなたに告げられます。その試験に合格して立派な天使になることを、きっとウルヤナも望んでいることでしょう」

メルは手を握り締《し》める。わーっと感情のまま叫びだしたいのを耐えた、胸の中に渦巻《うずま》くこの感情がどんな思いからなのか、今まで穏やかに過ごしてきたメルにはわからない。それでも、ウルヤナに二度と会えないことが寂《さび》しく、悲しかった。

神気をまとっている天使や天使見習いは個として認識《にんしき》できるが、人間は皆等しく同じにしか見えないと聞いたことがあるからだ。

この先、天使として地上に降りたとしても、人間になってしまったウルヤナを見つけることは無理だろう。

（ウルヤナ様……っ）

「メル」

再度名前を呼ばれ、メルはようやく顔を上げた。たぶん、泣きそうに歪《ゆが》んでいるだろうが、役人天使は小さく頷いている。

「ウルヤナは、同じ時に生まれた私の兄弟です。そこまで慕《した》われて、きっと喜んでいますよ。さあ、神がお待ちです」

「……はい」

もう二度とウルヤナには会えないが、彼のためにも立派な天使になりたい。

メルは深く息をつき、顔を上げると強い決意を湛《たた》えた目を前に向けた。

やるべきこと1　人間界を知ること

「……ふう、到着《とうちゃく》？」

初めて地上に降りる際の衝撃《しょうげき》はなく、ふわりと風に乗った感覚だ。

ゆるく舞《ま》い上がった衣《ころも》が静かに元の位置に戻《もど》り、メルは満足してむふぅと息を吐《は》いた。

天使昇格試験は地上で行われる。その際、一番近くの教会に降りるらしい。

そこで試験に合格する条件を達成するために、人間界での協力者を探さなければならない。

人間界のことをよく知らない天使見習いは騙《だま》されやすいので、親身になって力を貸してくれる相手の方がいいと役人天使が助言してくれた。

協力者は、神気を感じ取ることができる善人、らしい。

(早く協力者を探して、一刻も早く試験を終わらせないと)

こぶしを握り締め、意を決して一歩踏《ふ》み出そうとしたメルは、

「！」

その時初めて扉《とびら》の入口に立っている人間に気づいた。

（に、人間だっ）

天使見習いのメルは、今回初めて人間界に降りてきた。もちろん、天界から何度も人間界を見ていて、人間の姿形はわかっているつもりだったが、実際にその姿を見ると、驚《おどろ》きと感動が一気に胸に押し寄せてくる。

大きな目を輝《かがや》かせ、赤く小さな唇《くちびる》を震《ふる》わせていると、突然《とつぜん》目の前の人間がその場に跪《ひざまず》いた。

「え？　あ、あの、どうされたのですか？　お身体《からだ》の具合が悪いのですか？」

目の前で座り込む人を見たのは初めてで、メルは慌てて駆《か》け寄る。自分よりも遥《はる》かに大きな身体を抱《だ》き起こそうと手を伸《の》ばすが、その直前で驚くほど素早《すばや》く人間が後ずさった。

「なんとお優しい……っ。さすが神々しい力に満ちた尊い方でございます。ですが、私など尊い御身《おんみ》に触《ふ》れていただけるような価値などありません」

「そ、そうなんですか？」

尊い御身とは自分のことだろうか。だが、メルはまだ天使見習いで、敬愛する天使たちに遠く及《およ》ばない存在だ。ここまで敬われるというのも居心地《いごこち》が悪く、それを誤魔化《ごまか》すように跪いたままの人間を観察した。

白を基調とした特徴《とくちょう》的な服装から、教会関係者というのはわかる。肩《かた》に掛《か》けてあるマントも最上級のものだろう。服装だけならば教会内でも上位の存在だろうが、メルはその容姿に内心驚いていた。

(暗い色だ……)

見下ろす人間の髪《かみ》は濃《こ》い茶色。神を崇《あが》める教会関係者は、神に近い色を持つ者が上位になると聞いたことがある。明るい髪の色の天界の者の髪を見慣れたメルにはとても珍しい色に見えた。

「あの、あなたは？」

「尊い方、私はブランデン王国、王都ラドミールにて司教を拝命しております、イェロニームと申します。家名は教会に入ったことでなくなりましたので」

「司教……」

この髪の色で司教にまでなっているのだ、よほど信仰《しんこう》が厚く、優秀《ゆうしゅう》な人間なのだろう。

(神様もお喜びになる)

人間がどう考えているのかわからないが、本来暗い色は忌避《きひ》すべき色ではない。神は静寂《せいじゃく》を好み、心安らぐ暗い色——黒を好んでいるのだ。

自然とメルもその色を見て、目の前の人間、イェロニームが良い人間であると思った。

それに、天界から降りてきたばかりだとはいえ、彼はメルが神気を纏《まと》っていると感じ取っている。

彼こそが自分にとっての協力者だと、メルは確信して告げた。

「イェロニーム、あなたに会えて良かったです。どうか、私の願いを聞いていただけないでしょうか」

「おぉっ、私のような者に願わずとも、神の御使《みつか》い様のおっしゃることならば何事でも叶《かな》えてみせましょうっ」

張り切ってそう言ってくれるイェロニームに、メルは首を傾《かし》げる。

「どうして私を御使いだと思うのですか？」

率直《そっちょく》に尋《たず》ねると、イェロニームは目じりの皺《しわ》を深くする。そんな風に笑うと、今までの硬《かた》い雰囲気《ふんいき》が少し和《やわ》らいだように思えた。

「背中の、美しい純白の翼《つばさ》、輝くプラチナブロンドの髪と太陽のような瞳に、透《す》き通るような白い肌《はだ》。何よりまとっておられる神気で、あなたを御使い様だと確信いたしました」

「あ」

【翼の仕舞《しま》い忘れには気を付けるのですよ】

役人天使の忠告をいまさらながら思い出したメルは、自分の迂闊《うかつ》さにたちまち顔を赤くしてしまった。

しばらく羞恥《しゅうち》に唸《うな》っていたメルだが、イェロニームに促《うなが》されて教会の奥の司祭室へと案内された。もちろん、今度はしっかり翼を仕舞い込んだメルだったが、数歩歩いただけで、なぜかイェロニームに抱きかかえられてしまう。

「そのお美しいおみ足が傷ついてしまうと大変ですから」

「足、ですか？」

「すぐに靴《くつ》を取り寄せますので、申し訳ありませんがこのまま御身に触れる無礼をお許しください」

「靴……」

眼下で揺《ゆ》れる自分の足と、イェロニームの足を見て、メルはその違《ちが》いにようやく気がついた。天使見習いであるメルの移動は翼で翔《と》ぶことが主で、歩くとしても雲のような柔《やわ》らかな地で足が傷つくことなど考えたこともなかった。

（さっき降りた時も、硬かった……）

舞い降りた祭壇前の床《ゆか》は硬く、少しひんやりしていたように思う。

（天界と人間界ってとても違うんだな）

幸い誰《だれ》とも会うことなく司祭室に辿《たど》り着くと、大きくて柔らかそうな椅子《いす》にそっと下ろされた。同時に、足元には椅子に置かれていた丸くて柔らかなものを置かれる。

「しばらくはこのクッションの上に足を置かれてください」

「良いのですか？」

「クッションも、御使い様のおみ足の支えになれると喜んでいますよ」

「そうなのですか？」

この小さく柔らかいものに感情があるのかと驚いていると、そっと目の前のテーブルにカップが置かれた。

「残念ながらここにはワインがなく、私所蔵の紅茶でお許しください、御使い様」

「あ、あの、私はメルといいます」

「はい、メル様」

イエロニームはまた皺を深めて笑い、メルの向かいへと移動する。しかし、椅子に座ることなく立ったままだ。

「それではメル様、あなたの願いというものをお聞かせ願いますか」

「はい」

メルは居住まいを正した。

「私はこの人間界で為《な》さねばならないことがあります。それは……」

《ブランデン王国第二王子アドルファスに、愛する者を番《つが》わせなさい》

今回の天使昇格《しょうかく》試験の問題。神自ら告げたのは、一人の人間の人生を決めるものだった。

本来、神は人間界に直接関与《かんよ》しない。人間を皆《みな》平等に愛しているが、だからと言って個別にその感情を向けることはなかった。

しかし、そんな人間の中において、ごく稀《まれ》に神が寵愛《ちょうあい》を向ける者がいる。それはとても清浄《せいじょう》で純粋《じゅんすい》な魂《たましい》を持つ者だ。

神は生まれたばかりのアドルファスの魂を愛《いと》おしみ、彼に祝福を与《あた》えた。己《おのれ》に向けられる負の感情や暗い欲望《よくぼう》を感じ取ることができるという力。悪しき心を持つ者から身を守る、生きるために助けになるような力だ。

神としては最上の祝福を与えたはずだったが、大国の王子として生まれたアドルファスにとって、それは心を蝕《むしば》む呪《のろ》いとなってしまった。

王城の中の醜《みにく》い嫉妬《しっと》や権力争い。己に向けられる、打算的な感情と、浅ましい劣情《れつじょう》。

魂同様、美しい容姿をもって生まれたアドルファスは、恵まれた資質ゆえに幼い頃から様々な嫉妬を向けられ続け、周囲に心を許せる人間を持つことができなかった。

さらに不幸だったのは、最も身近な存在である母親が、負の感情に支配されていたことだ。

母親は王妃《おうひ》であったが、王の愛情はそこにはなく、側妃に向けられていた。

プライドが高い母親の側妃に対する嫉妬は凄まじく、それを間近で見せつけられたせいか、アドルファスの女性に対する警戒心《けいかいしん》や懐疑心《かいぎしん》が強く、結婚適齢期《けっこんてきれいき》の二十五歳になった今でも浮《う》いた噂《うわさ》がない。

美しい魂にほんの僅《わず》かな染《し》みがつくことも悲しんだ神は、アドルファスに素晴《すば》らしい伴侶《はんりょ》を番わせてやりたいと思うが、神が人間に対して直接関《かか》わることはできない。

そんな中、今回メルが昇格試験を受ける資格を得たことにより、神はアドルファスの愛の成就《じょうじゅ》を天使への昇格試験としたのだ。

「アドルファス様の番《つがい》、ですか」

「はい。私は必ず彼に相応《ふさわ》しい番を探し出し、愛とは素晴らしいものだということを知ってもらいたいのです」

神の寵愛を受けた人間の、幸せの手伝い。

メルはこの試験内容を聞いた時、驚《おどろ》きと共にとてつもない遣《や》り甲斐《がい》も感じた。まだ天使になっていないというのに、神の手伝いができるのだ、これほど名誉《めいよ》なことがあるだろうか。

「イェロニーム、あなたには人間界のことを教えてもらいたいのです。私は人間のことをよく知りません。アドルファスのことももちろんですが、人間のことを知らないと、間違《まちが》った選択《せんたく》をするかもしれませんから」

「それは立派な心掛《こころが》けでございます」

手放しに誉《ほ》めてもらい、メルは思わず笑《え》んでしまう。

「それではメル様」

「はい」

「まずはその翼を仕舞うくせをおつけにならないと。それではあなたが神の御使いだとすぐにわかってしまいます」

「え？」

慌《あわ》てて視線を向けると、視界の端《はし》に純白の翼が見える。

「わ、わかりました」

どうやら、いつの間にかまた翼を出してしまっていたらしい。イェロニームの言うようにくせをつけなければならないと、メルは慌てて翼を仕舞った。

その日から、メルは人間界のことを一生懸命《いっしょうけんめい》勉強した。

貨幣《かへい》の価値から、職業のこと。周辺国の簡単な歴史や、現国王一族のこと。

王都の司教をしているだけにイェロニームの見識は深く、とても勉強になった。

「イェロニーム、二バレおつりです」

「お使い、ご苦労様です、メル」

当初、イェロニームはメルを人目から隠《かく》すつもりだったらしい。平民には珍《めずら》しいプラチナブロンドの髪《かみ》と金の目は、それだけで人目を引くからと言われた。しかし、それではアドルファスの番を見つけることができない。町に出るつもり満々なメルは、早く平民に溶《と》け込みたかった。

別の提案として、貴族の身分はどうだと言われた。訳アリの貴族が教会に身を寄せることは偶《たま》にあるらしい。

しかし、それもメルにとっては難問だった。貴族の常識というのはなかなか特殊《とくしゅ》で、いざという時に身分を偽《いつわ》っているとバレてしまいそうな気がした。

イェロニームは必ず守ると言ってくれたが、そこまで彼に迷惑《めいわく》をかけたくはない。

メルとイェロニームの意見を取り入れた結果、メルはイェロニームが直々に見出《みいだ》した未来視ができる少年で、イェロニームが後見しているということにした。

世間知らずなのも、長い間能力を隠すため親に閉じ込められたからということにしたところ、教会の神父たちばかりでなく、祈《いの》りに来る民《たみ》たちからも何故か親切にしてもらった。

それがメルの境遇《きょうぐう》に同情しているだけでなく、その美しい容姿も関係あるということをメルは気づいていない。

ただ、毎日少しずつ、知識が増えていくのは楽しく、嬉《うれ》しかった。今日は初めて一人でお使いに行き、無事に帰ってこられたのだ。

「大丈夫《だいじょうぶ》だったかい、メル」

「道に迷わなかった？」

「変な男に声をかけられなかった？」

若い神父たちはメルを心配して口々に声をかけてくれる。それにいちいち礼を言っていると、

「メル、出店の許可が出たよ」

イェロニームが言った。

「え？　出たのですか？」

「教会の敷地《しきち》内にだけどね」

「敷地内……人は来てくれるでしょうか……」

「大丈夫。それに、信仰《しんこう》が厚い人の方がいいんじゃないかな？」

「……そうですね」

人間界のことを勉強するのと同時に、メルはどうやってアドルファスの番を探すか考えていた。いくら天界より狭《せま》いとはいえ、この人間界でたった一人を見つけるのは至難の業《わざ》だ。

まずはブランデン王国の王都、ここラドミール。

「どうやって探すのですか？」

以前イェロニームにも尋《たず》ねられた。もちろん、何の手掛《てが》かりもないまま探すわけではない。

《手を》

試験内容を告げられた時、メルは神に手を取られた。凄《すさ》まじい緊張感《きんちょうかん》に襲《おそ》われた中、メルは不思議な感覚を覚える。

《これで、アドルファスの番に出会った時、あなたにはわかります、メル》

会った瞬間《しゅんかん》か、その身に触《ふ》れた時か。

それはまだわからないが、とにかく会わなければならない。会って、触れる。その際、メルの容姿は隠して。

難しいその条件を達成するための助言をしてくれたのは、頼《たよ》りになるイェロニームだった。占術師《せんじゅつし》。いわゆる占《うらな》い師だ。些細《ささい》な捜《さが》し物や、相性《あいしょう》占いをする者はいるようで、メルもその一人として店を出すことにした。

占術師ならば顔を隠していても不思議ではないし、自然に相手の手に触れることもできる。

できれば人通りの多い市場や広場の近くに出したかったが、許可が出たのは教会の敷地内。出会える人数は少ないかもしれないが、それでもこの短期間に許可が出たのは幸いだった。

「ありがとうございます、イェロニーム、様」

人前ではイェロニームに敬称《けいしょう》をつけることにもようやく慣れてきた。まだ時々呼び捨てにしてしまうが、周りは世間知らずだからということで、それを許す度量の広いイェロニームの評判が上《あ》がったのは良いことなのかもしれない。

「ようやくだね」

「はい」

試験の期間は決められていないとはいえ、一刻も早くアドルファスの番を見つけたい。

(彼は今、何をしているんだろう……)

メルはいまだ、アドルファスに会っていない。王城の警備は厳しく、翼《つばさ》で飛んで行けばいいが、さすがに天界の者だと知られるわけにはいかないし、どうやら平民は簡単に王子には会えないものらしい。

(番探しもだけど、アドルファスにも会わないと)

神の寵愛《ちょうあい》を受けた者の現状を知る。

やることがたくさんある。メルはしっかりこぶしを握《にぎ》り締《し》めた。

「……少し、考えた方がいいかもしれませんね。その方とあなたの相性はあまりよくありません」

「そんな……」

目の前の泣きそうな若い女性に、メルは優《やさ》しく話しかける。

「よく話し合うことです。お互《たが》い、一番良い道を見つけてください」

しばらく女性はすすり泣いていたが、やがてメルに一礼して天幕から出て行った。

ヴェールの内側で、メルはほうっと息をついた。

「……彼女が幸せになりますように」

彼女の内側から黒い靄《もや》が出て、不安と嫉妬《しっと》の感情が滲《にじ》み出ていた。一緒《いっしょ》にいる相手へのその感情は、きっとこの先良くないものに変化する。

メルはまだ、悪いものを浄化《じょうか》する力はない。そもそも、天使は人を導く手助けはするが、直接その人生に関《かか》わることは許されない。

だからメルは祈る。彼女の人生が素晴《すば》らしいものになるようにと。

「でも、本当にたくさん来てくれるんだな」

教会の敷地内に設《しつら》えられた天幕は、当初教会の雑務用のものかと思われていた。

天幕の中で座って待っていても、いつまで経っても来客がない。困り果てたメルがイェロニームに相談すると、彼は祈りに来る者たちを視てみたらどうかと助言してくれた。

名案だと思い、一番どんよりとした負の気をまとっていた青年に声を掛《か》けると、彼はなかなか結婚相手が見つからないと嘆いた。王都を出て花嫁探しをするつもりだという青年に、メルは首を傾げた。彼にはもう寄り添う魂が視えたからだ。

そう告げても信じない青年の手を引っ張り、メルは魂の導きのまま歩く。側で話を聞いて面白がった者たちもぞろぞろと後をついてきた。

メルは市場の側の広場で、小物売りの屋台を出していた年若い女性に辿《たど》り着いた。

青年は驚いていた。彼女は幼馴染《おさななじみ》で、数年前に仲違いをしたまま会っていなかったらしい。

数年ぶりの再会にぎこちない二人を前に、メルは女性に告げた。

「彼の魂に寄り添っていますね？　とても温かで、綺麗《きれい》な想いです」

そう言った途端、顔を染めた女性と、驚きに満ちた青年、そして歓声をあげる周りの人々で、その場はお祭り騒ぎになってしまった。

しばらくして二人は揃《そろ》って教会のメルの天幕を訪ねてくれて、結婚することを報告してくれた。その彼が宣伝してくれたのかどうか、それ以降視てほしいという人々が増え、今ではちょっとした行列になっている。

その評判は、思いがけないところまで届いた。

「教会の小さな占術師……ですか？」

「ええ」

目の前で紅茶を飲んでいるイェロニームの口元が綻《ほころ》んでいる。

「小さなって……私は子供ではないですよ」

メルは少しだけ口を尖《とが》らせた。天界でも、子供という概念《がいねん》はある。

「メル様は可愛《かわい》らしいですから」

「……可愛い？」

「体つきは成人前の少女のようですし、世間知らずな言動が余計に保護欲《よく》をそそる。ですが、そのおかげで劣情《れつじょう》を抱《いだ》く者が少なかったのは喜ばしい」

「はぁ……」

(最後の言葉はわからないけれど……)

確かにイェロニームの言う通り、自分は少し……ほんの少しだけ、成人の人間より小さいことには気づいていた。幼い、少女と呼ばれる子供たちの視線の方が近い。

(知らないことばかりだなぁ)

天界から人間界を見下ろしていた時は、人間は小さく、弱く、守るべき存在だと思っていた。しかし、実際に地上に降りてみれば人間は逞《たくま》しく、メルの方が守られているように感じてしまう。

「その噂《うわさ》のせいか、占ってほしいという者は増えています。教会へ来る民《たみ》の数も多くなっていますし」

「そうなのですか？　それは良いことですね、神様もお喜びになります」

「……メル様、これを」

不意にテーブルの上に一通の手紙を差し出された。

「手紙ですか？」

「招待状です」

「招待状？」

「今度、王城で第一王子の婚約《こんやく》を祝い、盛大な祝宴《しゅくえん》が開かれます。そこに、『小さな占術師《せんじゅつし》』

を招待したいと」

「王城に……え、もしかしてアドルファスに会えるのですか？」

「はい」

「凄《すご》い！」

メルは思わず叫《さけ》んでいた。

人間界のことは少しはわかってきた。人間として振《ふ》る舞《ま》うことにも慣れてきた気がする。

次はどうやってアドルファスに会おうかと考えていたところだったので、思いがけないこの招待状は嬉しくてたまらなかった。

「ようやくアドルファス本人に会えます！」

「ええ。……ですが、メル様、アドルファス様は少し……気難しい方で」

「気難しいのですか？」

イェロニームは不安げだが、メルはそこまで心配はしていなかった。人間にとっては希少な力を授《さず》かったせいで多少人間不信なところがあるのかもしれないが、神の寵愛を受けるほどの美しい魂《たましい》を持った人間なのだ。

「大丈夫《だいじょうぶ》です、イェロニーム」

「メル様……」

「どんな方なのかをよく知って、そのうえで彼に相応《ふさわ》しい番《つがい》を絶対に探し出します！」

＊＊＊

人払いをした部屋の中には二人しかいない。

一人が一枚の書類を持ち上げ、しんなりと眉《まゆ》を顰《ひそ》めた。大切な披露宴の招待客の中に、見知らぬ名前を見つけたからだ。

「……『小さな占術師』とは何だ？」

「只今《ただいま》、城下で噂のよく当たるという占術師のことです」

「よく当たる？」

噂話など気に留めたこともなかった。

「城勤めの召使いたちも噂しているようで」

「……くだらない」

「くだらなくても、こういった余興は必要ですから。アドも視てもらったらいかがですか？案外思いがけない未来が視えるかもしれませんよ」

笑いながら言う目の前の男は、絶対にありえないと思っているのだろう。もちろん、視てもらう気などまったくない。

自分に望む未来などあるはずがないのだ。

やるべきこと2　王子と接触《せっしょく》すること

高価な絵画や美術品が並べられ、煌《きら》びやかなドレスをまとった淑女《しゅくじょ》たちが華《はな》やかな高い笑い声をあげている。

高級食材をふんだんに使った宮廷《きゅうてい》料理が並べられているテーブルに人影《ひとかげ》は少なく、そこかしこで塊《かたまり》になった人々が情報交換《こうかん》に勤《いそ》しんでいた。

「……めでたい席だというのに、兄上を祝う声は聞こえないな」

玉座の近く。低く、冷えた声が漏《も》れる。兄の晴れの日だ、できるなら直接祝いの言葉を告げたかったが、これでは近づくだけで好奇《こうき》の目に晒《さら》されるだろう。

口の中で小さく舌を打ったが、側《そば》に控《ひか》えていた側近には聞こえたらしい。

「まあ、おとなしくしていることですね」

側近のくせに宥《なだ》める言葉も阿《おもね》る態度も取らず、飄々《ひょうひょう》と適切な助言を言うその横顔が憎《にく》らしい。だが、この男のおかげで、少しだけ負の感情が削《そ》がれた。それが意図したものならば、それこそ腹立たしいが。

「アデルバード様も、アド様のお言葉を待っているでしょうね」

「……」

「本来なら、第一王子と第二王子の仲が良好なのは喜ばしいことなのに、本当に……淑女の嫉《しっ》妬《と》というのはままならないものですね」

「……人前でアドと呼ぶな」

「申し訳ありません、アドルファス王子」

アドルファス・ブランデンはブランデン王国の第二王子だ。第一王子とは僅《わず》か一歳しか違《ちが》わないが、隣国《りんごく》から嫁《とつ》いできた正妃《せいひ》の第一子として、ある種特別な存在だった。

いや、その生まれだけではなく、アドルファス自身にも価値があった。

それは、アドルファスが類稀《たぐいまれ》な美貌《びぼう》の持ち主だったからだ。

輝《かがや》く銀髪《ぎんぱつ》と、薄紫《うすむらさき》と薄翠《うすみどり》の瞳《ひとみ》。まるで神を人間にしたならばこうではないかというほどの美《び》麗《れい》な容姿は、幼いころから多くの人々を魅了《みりょう》した。

その美しさは成長するにつれて人外かと思うほどになり、二十五歳の今、この世で最も美しい男と言われている。

アドルファス自身、己《おのれ》の容姿に自覚はあった。幼いころは城の中の者や貴族たちに粘《ねば》ついた欲《よく》を含《ふく》んだ目を向けられ、実際に体に触《ふ》れられたりもした。

ただ逃《に》げるしかなかったあの頃《ころ》、よく庇《かば》ってくれたのは第一王子、異母兄のアデルバードだった。

兄の母はブランデン王国の貴族で、父が学生のころから付き合っていた相手だった。

父と彼女は政略的な許婚《いいなずけ》だったが、深い信頼《しんらい》と愛情で結ばれていたらしい。

だが、隣国との緊張感《きんちょうかん》の中で、隣国が友好関係を結ぶ条件として自国の王女との婚姻《こんいん》をごり押ししてきた。

その時、父は既《すで》に許婚との間に子が出来ていたが、国家間の条約として王女との結婚《けっこん》を受け入れざるを得なかった。

結果、側妃になった許婚に先にアデルバードが生まれ、一年後に結婚した王女との間にアドルファスが生まれた。

半ば人質《ひとじち》として嫁いできた王女……現王妃は、苛烈《かれつ》で嫉妬深い性格だった。

先に夫の子を産んだ側妃に対してだけでなく、その子、アデルバードにも陰湿《いんしつ》な嫌《いや》がらせをしていたようだ。

幼いころは無邪気《むじゃき》に兄に甘えていたアドルファスも、母と側妃、そして異母兄の関係を悪意を持った噂話《うわさばなし》で聞かされ、次第《しだい》に疎遠《そえん》になってしまった。

アドルファス自身は、異母兄を慕《した》っている。側妃によく似た穏《おだ》やかで思慮《しりょ》深い人格者の彼を尊敬している。

しかし、今の自分の立場で、簡単にそれを口にできないというのも嫌というほどわかっていた。

母である王妃は、己の子であるアドルファスを皇太子にしようとしている。そんな母を鬱陶《うっとう》しいと思いこそすれ、異母兄を追い落とすつもりなど毛頭ない。

そんな母にとって、今回の異母兄の婚約は苦々しいものだろう。今現在王太子は決まっていないが、身を固める異母兄が次期王に指名されるという噂があるからだ。

「まったく、父に愛されないのはエレノーラ様のせいではなく、自身の性質のせいだとわからないのか……」

これ以上言ってもしかたがない。溜《た》め息を噛《か》み殺したアドルファスは、ふと視線を逸《そ》らした先の騒ぎに眉を顰めた。

「なんだ？」

バルコニーの辺りに人だかりができている。何の騒ぎだと疑問に思っていると、エルヴィンが楽し気に教えてくれた。

「ああ、例の占術師が来ているんですよ。ほら、『小さな占術師』です。行ってみますか？」

「……今行けるはずが……」

言いかけた言葉を止め、アドルファスは、緩《ゆる》んでいた空気を硬《かた》くした。席を離《はな》れていた母が戻《もど》ってきたからだ。

「アドルファス」

妙《みょう》ににこやかに名前を呼ぶ母の後ろには、見た覚えのない女が二人いる。互《たが》いに着飾《きかざ》り、濃《こ》い化粧《けしょう》を施《ほどこ》した眼差《まなざ》しは、熱を孕《はら》んでこちらに向けられていた。

「わたくしの友人のご令嬢《れいじょう》方よ。あなたにぜひ紹介《しょうかい》したくて」

「……」

「とても良《い》い方々なの」

今日は異母兄の婚約披露宴《こんやくひろうえん》だ。主役は異母兄たちで、王妃とは言えせめて今日くらいは控えた態度をとるべきだ。だが、母自身ここぞとばかり着飾り、華やかな装いの女たちを連れている。それではこちらに来客たちの視線が向くだけだ。

おそらく、異母兄の来年の婚儀《こんぎ》の前にアドルファスに誰《だれ》かを娶《めと》らせ、王位継承権《けいしょうけん》争いを優位に進めるつもりなのだろう。それがアドルファスの単なる想像でないことは、そこかしこで囁《ささや》かれている『第二王子のお相手探し』という言葉からもわかる。

披露宴には近隣《きんりん》の王族や、国内の有力貴族が大勢集《つど》い、アドルファスばかりか、婚約が決まったばかりの異母兄にまですり寄っている。

母としては一向にその手の浮《う》いた話がないアドルファスに、己の意を酌《く》む者を宛《あて》がいたいと思っているのだろうが、あいにくその気はまったくない。

「申し訳ありません、母上」

「どうしたの？」

「噂の『小さな占術師《せんじゅつし》』に予約を取っているのです。時間ですので」

もちろん、そんな予約などしていないが、適当な理由にしては噂の占術師の存在は悪くないだろう。

ついてくると言われる前に、アドルファスはさっさと人だかりができている一角へと足を進めた。

そこに最近町中で評判の占《うらな》い師が来ており、普段《ふだん》は気軽に町中を歩けない高位の貴族の子女ばかりか、当主たちも居並んでいる。

座っていたのは真っ白のヴェールで全身を覆《おお》った、かなり小柄《こがら》な人物だった。

＊　＊　＊

「まあ……本当に小さい方ですのね」

「そ、そうですか？」

まったく悪気のない言葉に、メルはぎこちない笑《え》みを浮かべた。しかし、全身、顔までヴェールで覆っているので、相手に表情は見えていないだろう。

「でも、とても良い助言でしたわ、ありがとう」

「はい。あなたに神のご加護がありますように」

メルはそう言って女性を見送った。

「よろしくお願いしますわ」

「はい」

もう何人目かもわからない来客に、メルは再び丁寧《ていねい》に頭を下げた。

会場とバルコニーの境目に張られている、小さな天幕。煌《きら》びやかな場所の中で場違いにも見えるが、今日はここがメルの仕事場だ。

第一王子の婚約披露宴。

町で噂の占術師として呼ばれたメルは、初めてブランデン王国の王城に足を踏《ふ》み入れた。

さすが高位の人間の居住空間は素晴《すば》らしく煌びやかで、賑《にぎ》やかで、メルは目を丸くし、ポカンと口を開けてしまったくらいだ。

「メル」

メル一人では心配だからと、今回イェロニームが直々に付添人《つきそいにん》としてついてきてくれている。

厄介《やっかい》な貴族の相手はお任せくださいと言ってもらっていたが、こんなにも圧倒《あっとう》されている現状で、彼の存在がとても頼《たの》もしく思えた。

「あの、イェロニーム」

「はい」

「私、おかしくありませんか？」

今回、貴族に顔を知られない方がいいからと、メルは頭からすっぽり白いヴェールを被《かぶ》っている。外からは見えないが、メルの視界は良好という、摩訶不思議《まかふしぎ》な仕様だ。

服装も体つきがわからないゆったりとした長衣を着ているが、小柄なことまでは誤魔化《ごまか》せていない。

端《はた》から見れば小さな妖精《ようせい》が歩いているように見える——もちろん、このことはイェロニームは口にしない。

「大丈夫ですよ。ちゃんと威厳《いげん》ある占術師に見えます。さあ、次の方が待っていますよ」

周りからは、メルたちが会場に入った時から視線を向けられている。おそらく、噂の占術師のことを知っている人たちだろう。

準備をしようとしたメルは、

「……え」

耳元で小さな鈴《すず》の音が聞こえた気がした。

「メル？」

どこから聞こえたのか、キョロキョロと辺りを見回すメルの様子に、イェロニームが天幕の外を向いてああと頷く。

「……アドルファス王子がいらっしゃったのですね」

その言葉に、メルもそうっと外を覗いてみた。遠目なのではっきりと面影は見えないが、その美しい魂《たましい》の輝《かがや》きは十分感じ取れる。

もっと近くで見てみたいが、まだ客がいるこの状況では我慢するしかなかった。

それでも、ようやく対象者を目にすることができたメルは一安心し、気持ちを切り替《か》えて占いを続けることにした。

身分は違《ちが》うが、人間の悩《なや》みは似たようなものだ。

対人関係、愛憎《あいぞう》問題。中には領地経営や政争相手の対策などを聞かれたが、詳《くわ》しくないメルは相談者の感情の流れを見て助言した。

そうして、何人を視《み》ただろうか。

不意に天幕の外がざわめき、次の瞬間《しゅんかん》には静まり返った。

ふわりと仕切り代わりの布が開き、中に入ってきたのは――。

「いいだろうか」

「！」

(アドルファスッ？)

今日は顔を見るだけだと思っていた人物が、不意に目の前に現れてメルは固まった。

(彼が……神様の愛《いと》し子)

間近で見て、さらに強烈に輝いている存在。それは髪《かみ》の色や着ている服の装飾《そうしょく》ではなく、魂の輝きそのものだとメルはわかった。彼が美しい魂をそのまま持っていることがとても嬉《うれ》しかった。

天幕の外のざわめきも大きく、様々な感情がアドルファスに向けられているのがメルには見える。きっと、彼はとても苦痛を感じているはずだ。

中には単に憧《あこが》れや、純粋《じゅんすい》な好意の気持ちもあるだろうが、それを消し去るほどの疚《やま》しい感情が強い。

そんな状況だというのに、目の前の魂はとても綺麗《きれい》だ。こんなにも綺麗な魂を持つアドルファスを、どうにかして幸せにしてあげたい。その手伝いができることを幸運だと思わなければ。

固く決心しているメルをよそに、アドルファスはさっさと椅子《いす》に座る。

「で？」

「え？」

「何が視える？」

不遜《ふそん》な態度でそう言われ、メルはさらに驚《おどろ》いてしまう。容姿と言動の差異が激しい。

（で、でも、きっと魂が疲《つか》れているんだっ）

何度か深呼吸をし、メルは目の前に座るアドルファスを見つめた。

綺麗な違う色の瞳《ひとみ》が、射るようにこちらに向けられている。嘘《うそ》やごまかしは許さないと言われているようで、自然に背筋が伸《の》びてしまった。

(何か助言……あ)

ふと、神の言葉を思い出した。

《これで、アドルファスの番《つがい》に出会った時、あなたにはわかります、メル》

アドルファスの番は出会えればわかる。ならば、その手掛《てが》かりをアドルファス自身が握《にぎ》ってはいないだろうか。

「手に、触《ふ》れていいですか?」

「……」

一瞬《いっしゅん》、アドルファスの眉《まゆ》が顰《ひそ》められた。触れる言い訳だと思われたのかもしれない。

それでもメルは黙《だま》って待った。

「……必要なことか」

「はい」

僅《わず》かな逡巡《しゅんじゅん》の後、アドルファスが手を差し出した。意外にも骨太の、しっかりとした大きな手だ。メルは両手でその手を持った。じわりと、温かな熱が伝わってきた。

「……あ」

「……います」

そして、頭の中に影《かげ》が現れる。幸せで、温かな影。

「……いる?」

「あなたの番は、確かにいます」

番本人ではないからか、それともまだ天使見習いのメルの力が弱いのか、影はぼんやりとしたものだ。それでも、アドルファスの魂が歓喜《かんき》に彩《いろど》られたのは強く伝わってくる。

「なんだ、その番というのは」

メルの言い方が悪かったのか、アドルファスは怪訝《けげん》そうに問いかけてきた。

(待って、もう少し視るから……っ)

「おい」

視えたのは――黒髪だ。

小柄《こがら》で、女性だろうか……珍《めずら》しく短い髪だった。

残念ながら顔は見えない。

「あなたの、番……伴侶《はんりょ》は」

「伴侶？　おい、何が視えた？」

「視えたのは……」

人間界では、黒というのはあまり好ましくなかった。アドルファスだけならいいが、天幕の外ではきっと人々が聞き耳をたてているだろう。だが、まったく違うことを伝えるわけにはいかない。

「……小柄で、濃《こ》い色をまとっている方……です」

「それはどういう……」

「失礼」

アドルファスが椅子から立ち上がるのと、天幕の布が開かれるのは同時だった。

「アドルファス王子、王妃様《おうひ》がお呼びでございます」

にこやかな笑《え》みを浮《う》かべて言ったのはイェロニームだ。きっと、アドルファスの滞在《たいざい》時間が長いので心配になって顔を覗《のぞ》かせたのだろう。

「……っ」

アドルファスは一瞬イェロニームを見据《みす》え、次にメルを見て、マントを翻《ひるがえ》した。

「また来る」

そう言い残してアドルファスが立ち去ると、イェロニームは足早にメルに近づいた。

「大丈夫《だいじょうぶ》ですか」

「イ、イェロニーム」

「はい」

「いました……アドルファスにはちゃんと、番がいるんです」

アドルファスに直接会うことで、彼にはちゃんと愛する存在がいることがわかった。それならば絶対、彼と出会わせ、結ばせてみせる。

「イェロニーム」

「詳しい話は後で。アドルファス王子が来られたせいで、客が押し寄せてくるはずです。今日は帰りましょう」

「は、はい」

メルもイェロニームと詳しい話がしたかったので、その言葉に即座《そくざ》に頷《うなず》き片づけ始めた。


教会に戻《もど》ると、メルはイェロニームに自分が視たことを説明した。案の定、イェロニームは
「黒……ですか」

黒髪ということに引っかかったようだ。

「民《たみ》ならばそこまで問題はないでしょうが、王族の伴侶……番ですか、その方が黒髪というのはかなり異論を呼ぶでしょうね。王族は……いえ、高位の貴族たちは神に近い色を好みます。金や銀を持つ者が尊いとされ、その対極にある黒をまとう者は忌避される傾向にあるのです。他国では奴隷に多い色とされていますし……」

メルからすれば重要なのは魂《たましい》の色で、容姿などさしたる問題ではないのだが。味方であるイェロニームが言うほど問題があるのかと落ち込むと、彼は優《やさ》しく頭を撫《な》でてくれた。

「大丈夫です。神の御《ご》意思を受けたメル様がそう言われるのですから、きっとアドルファス王

子の番は素晴《すば》らしい方なのでしょう。黒髪というのは……まあ、後で考えましょう」

「はい、そうですね。まずはその番を見つけないといけませんから」

「メル様、今回披露宴《ひろうえん》に出て、貴族があなたに目を付けた可能性があります。くれぐれも一人で教会の敷地《しきち》外に出られないように。所用は神父か私にお申し付けください」

まさか、些細《ささい》な用を司祭のイェロニームに頼《たの》むことはできないが、そう言ってくれる気持ちが嬉《うれ》しい。

「ありがとう。その時はよろしくお願いします」

(でも、イェロニームの心配のしすぎだと思うけれど)

ああいう集まりで貴族の数が多いのは当然だが、実際に町に出てくる数は限られるだろう。わざわざ教会にまで捜《さが》しに来るなんてないだろう。メルはそう呑気《のんき》に思っていたが。

翌日、店を開くといつも通り客が列をなしていたが、天幕の前に一台の馬車が停《と》まった。そして、家来を引き連れて、並ぶ人たちを押しのけて天幕の前にやってきた男がいた。

「私の子飼いになりなさい」

「……え？」

天幕の外、大勢並んでいる占《うらな》い希望の人々を押しのけてふんぞり返っている男の言葉に、メルはただ唖然《あぜん》としてしまった。

その服装から貴族だとはわかる。どうやらわざわざやってきたらしいが、二人の神父が困ったようにその後ろにいて、さらにその後ろに数人の武装をした者もいた。

「えっと……こんにちは？」

メルは首を傾《かし》げる。

「こちらは先頭ですよ。最後尾《さいこうび》はあちらです」

どうやって並ぶのかわからないのだろうと説明をしたが、一瞬《いっしゅん》驚《おどろ》いた男は次の瞬間眦《まなじり》を決して怒鳴《どな》ってきた。

「私には順番など関係ないっ。ほら、さっさとついてきなさい」

手が伸ばされる。摑《つか》まれそうだと思った次の瞬間、メルはさっと身を引いた。

「ここを離《はな》れるわけにはいきません。お並びいただけないのならお帰りください」

メル自身はまだまだ力不足だと思うが、ここにはそんなメルの助言が欲しいという人々が朝から並んでくれている。そんな人々を置いて行くなど考えられなかった。

「そんなことを言ってもいいのかっ。私は男爵《だんしゃく》の地位をいただいている……」

「ザンツェ男爵」

男の言葉を遮《さえぎ》ったのは、一人の青年だった。

「このようなところでお会いするとは思っておりませんでした」

「カ、カーソン殿《どの》っ」

普通《ふつう》に話しかけた青年に対し、男は急にしどろもどろの対応になる。額から汗《あせ》がにじみだし、心なしか顔色も白くなって見えた。

「まさかとは思いますが、王家が招待するほどの占術師《せんじゅつし》を抱《かか》え込もうとされているなんてことは……ないですよね？」

「も、もちろんでございますっ。あ、失礼、急に所用を思い出しましたっ」

素早く立ち去る男と、その護衛たち。するとそれまで息を潜《ひそ》めて成り行きを見ていた民が歓声《かんせい》を上げた。皆《みな》、強引《ごういん》な男に対して思うところはあったようだ。

「皆様、大変ご迷惑《めいわく》をおかけしました」

メルは迷惑をかけた人々に頭を下げる。そして、結果的に男を窘《たしな》めてくれた青年に向き合った。

「ありがとうございました」

「いえいえ、僕もあなたに会いに来たので。同じ貴族として、あのような傲慢《ごうまん》なふるまいをする者がいたこと、お詫《わ》びするのはこちらです」

反対に青年は軽く頭を下げてくれる。同じ貴族でも、どうやら考え方は違《ちが》うらしい。

「『小さな占術師』殿。僕に少し時間をいただけないでしょうか？　ああ、もちろん仕事が一段落してからでいいですよ」

にこやかに言った後、そっと顔を近づけてきて声を落とす。

「あなたに会いたいという方がいるのです」

青年の目線が背後に動いた。つられるようにメルも身体《からだ》を向けると、教会の入り口に一台の馬車が停まっているのが見える。

（……あ……）

意識を向けると、そこに見知った気配があることに気づいた。メルは思わず声を上げてしまう。

「あの、あの馬車の中におられるのですか？」

メルの方からもずいっと青年に近づけば、おやと面白《おもしろ》そうに笑まれた。

「ええ」

「すぐに、あ、お客様方がおられるので、えっと、どのくらいだろう……」

占い時間は人によってバラバラだ。今も二十人ほど待ってくれている人々を捌《さば》き、正確に終わる時間は測《はか》れないのでどうしようかと考えていると、一番前で順番を待っていた男性が言った。

「メル様、あの馬車はとんでもない高貴な方のものですよ。あちらをお待たせしない方がいい」

「え」

「そうですよ、そちらの貴族様を優先されてください」

この国でも、平民より貴族の方が当然優先される。それは平民側こそ深く理解しているらしい。ただ、先ほどの男のようにあまりに横柄《おうへい》な態度だと腹も立つが、この青年のように穏便《おんびん》な態度を見せられると貴族優先の常識に従うことは当然だと考えたのかもしれなかった。

口々に言われ、メルはちらりとその場に残っていた神父に目を向ける。彼も頷いたので、メルは優しい民たちにもう一度頭を下げた。

「ありがとうございます。あなた方に神の御加護があるように」

「僕からも礼を言う、ありがとう。『小さな占術師』殿、お手をどうぞ」

ヴェールを被《かぶ》ったメルの足元を気遣《きづか》ってか、青年が手を差し出してくれる。メルは躊躇《ためら》うことなくその手に手を重ねた。

「お心遣い感謝します、あの……」

「僕はエルヴィン・カーソン。エルと呼んでくださってもいいですよ」

「わかりました、エル」

素直《すなお》に頷けば、なぜか青年――エルヴィンが僅《わず》かに目を見開く。しかし、次の瞬間には楽し気に笑《え》んで、預けた手を優しく握《にぎ》られた。

「どうぞ」

馬車に近づくごとに濃厚《のうこう》に感じる気配。どうして気づかなかったのかと驚《おどろ》くばかりだ。中の気配は一つだけだ。高貴な身分だというのに、気軽に一人で出かけられるのか。

「アド」

エルヴィンは声を掛け、返事を待たずに扉《とびら》を開く。中にはフードを目深《まぶか》に被った人物がいた。胸の前で組んでいる腕にかかる骨太の大きな手を見て、メルはにっこり笑いかけた。

「こんにちは、アドルファス」

　思いがけず会えたことが嬉しくていつもひそかに呼んでいるように声を掛けたが、すぐに返事はなかった。聞こえなかったのだろうかとヴェールの中で首を傾げていると、ようやく中から声を掛けられた。

「今は忍《しの》びだ。その名を口にするな」

「あ……ごめんなさい」

　そこまで考えが及《およ》ばなかった。素直に謝罪すると、頭上から溜《た》め息が聞こえる。

「早く乗れ」

「馬車にですか？」

　どうやら、アドルファスはメルに会いに来てくれたようだ。顔を見るだけではなく話もできると思うと嬉《うれ》しくなるが、馬車に乗ろうとした足がふと止まった。

「イェロニームの許しを得ないと」

　日ごろから、勝手に一人で絶対に教会の敷地外《しきち》に出てはならないと言われている。たとえアドルファス相手であっても、その約束を勝手に破ることはできなかった。

「イェロニームの許しをもらってきますので、少し待って……」

「メルッ」

「ヨハン？」

早口で名前を呼んできたのは顔なじみの神父だ。

「司祭様には私からお話をしておくから、そのまま行きなさい」

貴族を、それも公爵《こうしゃく》家という最上階級の相手の要望を遮るとなると、どんな咎《とが》めがあるかもわからないと危惧《きぐ》されたことなどまったく気づかないメルは、顔見知りの神父の言葉に頰《ほお》を緩《ゆる》める。

「ありがとうございます。よろしくお願いしますね」

「ああ。……カーソン様、しばしメルをお預けいたします。後ほど、今回の礼は司祭様の方からなされると思いますので。メルも遅《おそ》くならないように」

言外に、必ずメルを返せということだが、当の本人は素直にその言葉通りにとる。

「はい、遅くならないうちに帰ってきます。イェロニーム、様によろしくお伝えください」

敬称《けいしょう》をつけることを思い出したメルはそう言い、改めて扉が開かれたままの馬車に乗り込む。先に乗っていた相手の向かいに座り、その隣《となり》に乗り込んできたエルヴィンが座って扉が閉められた。

意外にも馬車の中は明るかった。メルが観察する前にゆっくりと馬車は動き始め、フードを脱《ぬ》いだ中から覗《のぞ》いた薄紫《うすむらさき》と薄翠《うすみどり》の瞳《ひとみ》がメルを射てきた。

「俺だとわかったのか」

「はい、気配を感じました。すぐには気がつかなかったですけど」

「……」

「こんにちは、アドルファス。会いに来てくれて嬉しいです」

心からそう思ったのだが、アドルファスは不満げな息を漏《も》らした。

「お前は俺を見知っているのに、俺はお前の声しか知らないのは不公平ではないか。そのヴェールを取るのに理由が必要ならば言え」

「理由などありません。そうですね、顔を見せないのは失礼でした」

ここにはアドルファスと、親切なエルヴィンしかいない。メルは躊躇うことなく被っていたヴェールを取った。

＊＊＊

(間に合ったか)

名前だけは知識として知っている貴族が、恥《は》ずかしくも権威《けんい》を見せつけて行列を無視して天幕の前に立ったのが見えた。それだけで男の目的がわかる己《おのれ》に、アドルファスは何とも言えない気分になった。おそらく、この男は『小さな占術師《せんじゅつし》』の噂《うわさ》を聞きつけ、己の駒《こま》として利用しようと考えたに違いない。

どんなに理不尽《りふじん》であっても、平民が貴族に逆らえるわけがなかった。泣くか、教会の人間に助けを求めるか、それとも唯々諾々《いいだくだく》と従うか。

嫌《いや》になるほど見てきた光景を想像してうんざりとしていたアドルファスは、堂々と男に向き合い、意見するメルを見て驚いた。あんなにも儚《はかな》げな容姿だというのに、意外なほどの覇気《はき》をまとっているようにさえ見えた。

すぐに、メルに声を掛《か》けようと外に出ていたエルヴィンが割って入っていた。

披露宴《ひろうえん》の後、メルの言葉がどうしても気になったアドルファスが日を置かずに教会に忍びで訪ねようとしたのを、エルヴィンが強引《ごういん》についてきていたのだ。

己が声を掛ければメルはすぐ同行するだろうと思っていたアドルファスにとって、あの男がしたことは己がしようとしていたことと大差ない。それがなんとも気まずく、素っ気なく馬車に乗るよう促《うなが》した。

内心の動揺を誤魔化《ごまか》すように言った要求にも、メルは素直に従う。

「……っ」

王家仕様の明るい馬車の中、ヴェールの中から現れた顔にアドルファスは小さく息をのんだ。

(これほどとは……)

声から、男か女かは微妙《びみょう》なところだがまだ幼いだろうとは予想はしていた。

とび抜《ぬ》けた己の容姿のせいか、アドルファスはあまり他人の容貌《ようぼう》に驚くことも期待することもなかったが、そんなアドルファスでさえも初めて見るメルの容貌には驚いてしまった。

馬車の中でも光り輝《かがや》くプラチナブロンドの髪《かみ》は、陽《ひ》の下ならば眩《まぶ》しい光のように見えるはずだ。透《す》き通った瞳も金色で、今は好奇《こうき》と嬉しさに輝いていた。その目の中には、アドルファスに対する邪《よこしま》な欲《よく》はまったく見えない。

まだ丸みを残した頬に、透き通るような白い肌《はだ》。ほんのり色づいた小さな唇《くちびる》に、覗く首筋も細く華奢《きやしや》で、そう、まるで幼いころ異母兄に読んでもらった物語の中の天使そのもののように見えた。

「どうかしましたか？」

首を傾《かし》げながら問う姿は、言葉同様幼げだ。だというのに、先ほど馬車の中から見た光景は、アドルファスの胸をすくようなものだった。

その釣《つ》り合いの取れない印象に、アドルファスはしばし言葉を発するのを忘れてしまう。

「先程の毅然とした態度はご立派でしたが、貴族相手ならばもう少し考えた方がいいですよ」

次の言葉が出てこないアドルファスをよそに、エルヴィンが窘《たしな》めるように声をかけた。

「そうなのですか？　わかりました、次はもっと誠心誠意お話ししてわかってもらいます」

彼女……いや、彼だろうか、小さな手を握り締《し》めて言う姿に毒気を抜かれ、アドルファスは椅子《いす》に背を預けて息を吐《つ》いた。こちらはいろいろと考えているというのに、どうやら目の前の人物は斜《なな》め上の思考を持っているらしい。

「おい」

「メルといいます」

「……」

「私の名前はメルです。こんにちは、アドルファス」

まるで親しい友と交《か》わすような挨拶《あいさつ》だ。

「……不敬だぞ。今は忍びの姿だが、これでも俺はこの国の王子だ」

いつもは王子としての身分を厭《いと》わしく思っているのに、思わず口から零《こぼ》れ出たのはそんな言葉だ。

さすがに委縮するだろうと身構えたが、

「神様の前では人間は皆《みな》平等なのでそう呼んでいたのですが、不快だったのならすみません。アドルファス王子と呼べばいいですか？」

不思議な論理、いや、明らかに不敬だ。だというのに、アドルファスは不快な気持ちにならなかった。

「……平等？　俺と民《たみ》がか？」

「はい。同じ人間ではないですか。でも、アドルファス……王子が、不快な思いをされるなら呼び方などいくらでも変えます」

(王家を恐《おそ》れてではなく、俺のために……？)

「メル殿、忍《しの》びの時はアドと呼ばれるといいですよ」

明らかにこの状況《じょうきょう》を楽しんでいるエルヴィンを見据《みす》えるが、幼馴染《おさななじみ》のこの男はそれくらいで動揺《どうよう》などしない。

一度、しかもほんの僅《わず》かな時間しか会っていない相手に対して、普段《ふだん》とはまるで違《ちが》う態度をとるアドルファスをからかいたいのがよくわかる。

連れてくるのではなかったといまさらのように思ったが、ここで言い合いするのも大人げなく、忍びの時にアドという通称《つうしょう》を使うのは本当なので、アドルファスは口を引き結んで反論を封《ふう》じた。

「ほら、喜んでいるでしょう？」

「わかりました。では、アドと呼ばせてもらいますね……なんだか親しくなったようで嬉《うれ》しいです」

馬車は行く当てもなく走っている。目の前の人物――メルと話せる時間はそれほど長くなかった。

それをわかっているアドルファスは、今回どうしても聞きたかったことを口にした。

「……お前は俺に虚言《きょげん》は言わないか」

世辞やその場限りの言い逃《のが》れなどなく、真実だけを言うか。

人間は大なり小なり嘘《うそ》をつく。それが王族への敬愛や恐れからであったとしても、幼子以外に真実だけを口にする者などいない。

「はい」

それなのに、メルは真っすぐにアドルファスを見つめながら頷《うなず》いた。その言葉の中に嘘などかけらも見当たらない。

「……披露宴で口にした、俺の番《つがい》……の、ことも？」

「はい。あなたには愛する方が確かにいます。私が必ず見つけますから」

「……どうして……」

（どうしてお前がそんなことを言う……？）

自分が王子だから……いや、きっとそんな理由ではない。メルはただ純粋《じゅんすい》に、アドルファスのことを思って言ってくれているのだと感じた。

アドルファスは物心ついたころから、己に向けられる負の感情や暗い欲望を感じ取ることができた。不思議なその力のおかげで最悪の状況になったことはないが……いや、そう思うこと自体、良い幼少時代ではなかったと言える。幼いころはただ恐怖しか感じなかったが、成長するにつれて怒りや軽蔑《けいべつ》を覚えるようになった。

人間は醜《みにく》い、いや、己の周りにいる者たちが醜い。純粋にアドルファス自身を見てくれ、心を砕いてくれる者など、ほんの僅《わず》かしかいない。そんな彼ら以上に、会ったばかりのはずのメルからは、自分に対する純粋な好意しか感じないのだ。

――しかし。

「それならば、俺の前にその番とやらを連れてこい」

まだ信じることはできない。たとえ今メルが純粋な気持ちでいたとしても、王子であるアドルファスの側《そば》にいればその位置に驕《おご》り、濁《にご》った目をするようになるに違いない。

「俺の側で、その番を見つけ出せ」

変わるメルを見ればこの浮《う》き立った感情は消え、灰色の日常に戻《もど》るだろう。

それを確認《かくにん》するためだと己に言い聞かせるアドルファスだが、エルヴィン以外を側に置こうと考えるのが初めてだということに今はまだ気がついていなかった。

やるべきこと3　王子に人間の良さを知ってもらうこと

「おはようございます、アド！　ご機嫌《きげん》はいかがですか？」

「……煩《うるさ》い、声を落とせ」

三日後、メルは迎《むか》えに来た馬車に張り切って乗り込んだ。

思いがけないアドルファスの来訪で、彼の側で番探しができるという幸運を手に入れた。あてもなく探し回るよりも、アドルファスの協力を得た方が確率は高まるはずだ。

そのことを喜び勇んでイェロニームに伝えた時、一緒《いっしょ》に喜んでくれると思っていた彼は心配だと眉《まゆ》を顰《ひそ》めた。

「本当に大丈夫《だいじょうぶ》なのですか？　いくらアドルファス王子本人とはいえ、王族と関《かか》わることはメル様にあまり良《よ》いことだとは思いません」

世間知らずなメルのことを心配してくれたのだろう。確かに、まだ人間界のことを完全に理解しているとは言えないが、きっと大丈夫だと変な自信があった。

（だって、教会まで会いに来てくれたんだもの）

アドルファスもきっと、無意識に己《おのれ》の魂《たましい》の疲弊《ひへい》に声を上げているのだ。それを癒《いや》してあげられるのは運命の番しかいない。

神に愛された、特別な人間だ。もっと人を信じてほしいし、愛してほしいと思う。

そのためには、いろんな人間を見ることだ。彼の周りの貴族だけではなく、生命力に満ちた民と触れ合い、彼らの優しさや愚かさを知ってほしかった。人間とは愛すべき存在なのだと知ってくれたら嬉しい。それはきっと、アドルファスの魂の疲弊を癒す力になってくれると思う。なかなか頷いてくれないイェロニームを何とか説得し、アドルファスと約束をした今日。メルはずっと考えていた計画を口にした。

「まずは、人間の良さを知ってもらいたいんです」

「……は?」

「市場に行きましょう!」

アドルファスはメルの言葉に怪訝《けげん》そうな目を向けてくる。言葉が足りなかったかと、メルは続けた。

「私は、人間が愚《おろ》かだということを知っています。でも、同時に温かく、優《やさ》しいということも知っています。アドルファスは……あ、アドは、人間をどう思いますか?」

「……愚かとしか思えないな」

きっぱりと言い切られてしまい、メルは寂しくなって眉を下げる。そんなふうに思ってしまうアドルファスの心が悲しい。

「……だから、市場です」

「いや、それと市場がどう繋《つな》がるんだ？」

「市場には、いろんな人間がいます。お年寄りも、若い人も。女の人も男の人も、物を売る人や買う人、みんな別々の人間です。愚かな人もいるかもしれないけど、優しい人もたくさんいますよ。アドはよくお忍びで町に行くのでしょう？　市場は行ったことがありますか？」

「……行くわけがないだろう」

「どうしてですか？　とても面白《おもしろ》い場所ですよ？」

メルはイェロニームや神父たちに連れられ、何度も市場に行った。そこには生命力に満ちた人間たちがいた。

もちろん、すべてが善人ではない。悪いことをする者も、生活に苦しむ者もいる。それでも、生き生きとした人間たちがいる市場は、メルにとってとても心地好《ここちよ》い場所だった。

「メル、アドは目立ちますから。人が多い場所には足を向けません」

「目立つ？」

エルヴィンの言葉に、エルは改めてアドルファスを見る。確かに、美しい容貌《ようぼう》の彼が市場に行けば混乱するかもしれない。

「何しろ、絵姿も出回っていますから。ブランデン王国の麗《うるわ》しの第二王子という文句で」

「おい」

「絵姿まで……それは大変ですね」

さすが王子様というところか。慕《した》われているのは良いことだが、少し窮屈《きゅうくつ》だろうと心配になった。

「……フードを深く被《かぶ》ればいいだろう」

メルとエルヴィンの話の間を、不機嫌《ふきげん》なアドルファスの声が遮《さえぎ》る。今もフードを被っている彼を見上げたメルは考えた。

（フードで髪《かみ》は隠《かく》れても、目立つ双眼《そうがん》があるし……）

メルが天使ならば、それこそ変容の力が使えたかもしれない。しかし、今のメルの力では本当に僅《わず》かなことしかできない。

「アド、これを」

すると、エルヴィンが胸元《むなもと》から何かを取り出した。見るとそれは、時々イェロニームも使っている眼鏡だ。

「でも、それでは目の色が隠せませんよ？」

「色は隠せなくても、一瞬《いっしゅん》誤魔化《ごまか》すことはできます。髪を隠し、目を伏《ふ》せれば、声までは知られていませんから。あとはアドのやる気ですね」

「やる気……」

期待を込めてメルが顔を上げると、アドルファスの視線と合った。しばらく互《たが》いの視線が絡《から》み合い、やがてアドルファスの方が顔を背《そむ》ける。

機嫌を損《そこ》ねたのかと落ち込みそうになったが、次のアドルファスの言葉は意外なものだった。

「バレるはずがないだろ」

不機嫌そうなのに、自信たっぷりな言葉。その相反する様子もなんだか彼らしくて、メルは思わず笑ってしまった。

市場の近くで馬車を降りた。

予定通りアドルファスはマント付きのフードを目深《まぶか》に被り、眼鏡もしている。背が高いので下から覗《のぞ》き込めばその容姿がわかってしまいそうだが、いかにも貴族のお忍《しの》びだという風を装えば、民《たみ》は不敬なことはしないだろうとエルヴィンが言っていた。

どうやら二人のお忍びの服は、平民にとって高価なものになるらしい。

「……で？」

市場の入り口で、アドルファスは低い声で言う。

市場に来ることを提案したのはメルなので、もちろん案内する気満々だ。

「さあ、行きましょう。あ、あそこの果物屋さんは美味《おい》しいですよっ」

入り口近く、初老の女性が店番をしている店に向かった。

「こんにちは」

「まあ、メル様、おはようございます。えっと……お使い、ですか？」

メルの後ろにいるアドルファスたちを明らかにチラチラ見ながら、女性は戸惑《とまど》ったように声を掛《か》けてくれた。

「今日はお使いではありません。美味しい果物をいただこうと思って」

「それなら、これ。チモの良い実が入っていますよ」

「チモの！」

甘く瑞々《みずみず》しい少しばかり高い果実はメルの好物だ。指さされた方を見ると、手のひらに載《の》るほどの赤い実がメルを誘《さそ》っている。

「いただきます、お幾《いく》らですか？」

「これは良い実だから五バレだけど、メル様だから三バレにまけますよ」

何度もお使いで来たので、顔見知りになったメルのためにそう言ってくれたのだろう。しかし、二バレあれば丸パンが二つも買える。

「いけません、そんなに安くしていただいたらそちらが大変でしょう？　はい、十五バレ、三つください」

メルはそう言うと、己の首にかけていた紐《ひも》を引っ張った。胸の中に入れていたのは小さな巾《きん》着《ちゃく》だ。これはメルがお金を落とさないようにと、神父たちが買ってくれた。大切な宝物の一つだ。

自分と、アドルファスとエルヴィンの分。おやつにしては少し高い買い物だが、この美味しさをぜひ知ってほしい。いや、こんなに美味しい果物を安く売ってくれようとした女性の優しさを感じてほしい。

メルが期待を込めてアドルファスに振《ふ》り向けば、見えた口元が微妙《びみょう》にへの字になっていた。

「どうしましたか？」

「……、俺はせっかく安くなったものを定価に戻《もど》す奴《やつ》を初めて見た」

「僕もです」

アドルファスだけでなく、エルヴィンにもそう言われてしまう。

見てもらいたいのはメルではなく、目の前の女性の方だ。

「アド、美味しそうなチモでしょう？」

「……ああ、美味《うま》そうだ」

「ありがとねっ」

いかにも貴族らしいアドルファスの言葉は、店の女性にとっては嬉《うれ》しかったらしい。満面の笑《え》みを向けてくる相手に、アドルファスが僅かに動揺《どうよう》したのがわかった。

「そっちの色男のお兄さんも、また来ておくれよ！」

気安く声をかけてきた女性に、どう反応するのだろうとアドルファスを見上げると、

「……あぁ」

「！」

言葉は短いがきちんと返答をしてくれた。

（うんっ、いい調子です！）

次は三つ隣《となり》の屋台だ。

「ここは串焼《くしや》きが美味しいそうです」

「そうって、食べてないんですか？」

エルヴィンが不思議そうに聞いてくる。

「私はお肉が苦手なので。でも、一緒《いっしょ》にお使いにくる神父たちが言っています」

今のメルは天界の者ではなく、人間界の器《うつわ》に作り替《か》えられている。そのおかげで普通《ふつう》に人間の目に姿が映っているのだ。同時に、人間界の物を食べることができるようになった。甘いものが好物になったのも嬉しいことだ。しかし、肉はあまり食べられなかった。どうやら血の臭《にお》いが苦手なようだと自己分析《ぶんせき》しているが、今のところ困ってはいないので気にしていない。

メルの正体を知らない神父たちが、小柄《こがら》なメルを心配して肉を食べさせようとしてくるのが少し困るが、そんな彼らの優《やさ》しさも嬉しかった。

メルが懐《なつ》かしく先日の出来事を思い返している間に、エルヴィンが串焼きを二本買ってアドルファスに手渡《てわた》している。

意外にも彼は躊躇《ためら》うことなく口にした。

「どうですか？」

ワクワクしながら尋《たず》ねると、しばらくの間があってアドルファスが答えてくれた。

「悪くはない」

「美味しいということですか？」

メルと同様、屋台の男性もアドルファスの返事を待つ。

「……ああ」

「良かった！」

「おぅっ、ありがとよっ」

男性と一緒に喜び、なぜかおまけだと言われて串焼きを差し出されたので、メルはきちんと本数分の代金を渡《わた》して受け取った。なぜか男性に苦笑《くしょう》されたが、アドルファスが美味しいと思うものを見つけられてメルは良《い》い気分だ。

もちろん、追加で買った串は、アドルファスとエルヴィンの腹に収まった。

同じように、メルは自分のお薦《すす》めの屋台に二人を案内した。

メルのように気安く店の人間と話はしないが、こんな買い物はしたことがなかったのか、アドルファスは文句も言わずについてきてくれる。

「そういえばメル殿、市場の人間はあなたの顔を知っているんですね」

七件目の屋台を見終わった時、エルヴィンに改めて聞かれた。

「お使いの時に会っていますから」

「その時はヴェールを被《かぶ》らないんですか？」

「はい」

そもそも、メルは自分の容姿に頓着《とんちゃく》していない。イェロニームに注意されて背中の翼《つばさ》を仕舞《しま》い忘れることには気をつけているが、顔を見られるのが嫌《いや》だと思ったことはなかった。

占術《せんじゅつ》をする時にヴェールを被っているのは、平民に紛《まぎ》れてやってくる貴族に顔を覚えられない方がいいと、イェロニームが助言してくれたからだ。

「……視線が煩《わずら》わしくないのか」

今度はアドルファスが訊《たず》ねてくる。

「……お前も目立つ容姿だろう」

メルは首を傾げた。人間の目に自分の容姿がどう映っているのかわからないし、あまり気にしたことがなかった。メルたち天界の者にとって綺麗だと思う基準は、魂《たましい》の輝きだからだ。

アドルファスは容姿を気にしているのだろうか。彼が類稀《たぐいまれ》な容姿だとわかっているが、そこに思うものがあるのだろうか。

よくわからなくて首を傾げてアドルファスを見上げるが、彼は眉《まゆ》を顰《ひそ》めて見下ろしてくる。

しばらくの沈黙の後、

「少し休憩《きゅうけい》しましょうか。ちょうど広場があります」

自分たちの様子に何か感じ取ったのか、エルヴィンがそう言って市場の中央にある広場へと足を向ける。

数日前に発表された第一王子の慶事《けいじ》で、町中はまだお祭り気分だった。昼時を過ぎていると いうのに、多くの人々がそれぞれ騒《さわ》ぎ、寛《くつろ》いでいる。

中央では長い筒《つつ》のような楽器を持った男性が、楽し気で美しい音色を奏《かな》でていて、その周りでは小さな女の子たちが笑いながら踊《おど》っていた。

バラバラで揃《そろ》っていないのに、見ていてとても微笑《ほほえ》ましい。見ている人々も手拍子《てびょうし》したり歌ったりして、どんどん人が集まってきている。

「楽しそう」

天界にも、仲間が集まれば歌う者がいた。舞《まい》を踊ったり、器用に楽器を弾《ひ》きこなす者もいた。その時間が、メルもとても好きだった。

(……みんな、何をしているかな……)

天界にいる仲間たちのことを思い出し、少しだけ寂しい気持ちになった。試験が終わるまで天界の者には会えないのだ。

「……交ぜてもらったらどうだ」

唐突《とうとつ》な言葉に、メルは驚《おどろ》いてアドルファスを仰《あお》ぎ見る。

「少し休みたい。その間、お前が何をしようと自由だ」

「アド……」

「そうですね、楽しんできてください」

エルヴィンも促《うなが》してくれるが、メルはどうしようか迷った。あの輪に交ざりたい、だが。

「どうした？」

すぐに飛んで行くと思われていたのか、その場からなかなか動かないでいると怪訝《けげん》そうな眼差しを向けられた。

「私、あの……あんまり、舞が上手《うま》くなくて……」

「そうなのか？」

意外そうに言われ、恥《は》ずかしくなって顔が熱くなる。

歌も踊りも好きなのだが、なぜか拍子がズレてしまうのだ。

「子供たちの遊びの延長ですし、そこまで気にしなくてもいいんじゃないですか？　君たち、仲間に入ってもいいかな？」

メルが頷《うなず》く前に、人好きする笑顔でエルヴィンが女の子たちに声を掛《か》け、即座《そくざ》に了承《りょうしょう》の返事をもらってしまった。これでは遠慮《えんりょ》するのも難しい。

「お姉ちゃん、こっちこっちっ」

「お、お姉さんじゃないんですけど」

正確に言えば、今のメルは一応男性体を選んでいる。自由に動くには女性よりも男性がいいだろうと考えたからだ。しかし、どうやらこの外見は女性のように見えるらしい。

「お姉ちゃん、手！」

「手？　えっと、あれ？」

左右の手を別々に取られ、拍子をとられて足を動かす。

「……よっ、……とっ」

見ていると簡単な動きなのに、実際自分が体を動かすとどこか滑稽《こっけい》になってしまう。

「お姉ちゃん、上手～」

「いちに、いちにっ」

メルが真剣《しんけん》に踊って……いや、体を動かしているのがわかるのか、拍子を取ってくれる。楽しそうな様子にメルもだんだん嬉《うれ》しくなって、勝手に身体《からだ》が動き始めた。きっと、その動きは不格好だろうが、そんなことは関係ない。

「ふん、ふん、ふ～ん♪」

天界の仲間のことを再び思い出す。

(私の楽しい思いが届きますように)

メルたちの様子に、どんどん踊る者が増えていき、広場はさらに賑《にぎ》やかになっていく。

「……あっ」

メルが放《ほう》っておいたアドルファスたちの存在を思い出したのは、五曲目の演奏が終わった時だった。


「私の方が楽しんでしまいました……失敗です」

アドルファスに教会まで送ってもらい、メルは即座にイェロニームを捜《さが》して懺悔《ざんげ》した。

今日はアドルファスに人間の良いところを見てもらうつもりだったのに、メルの方が踊って歌って楽しんでしまった。

ずいぶん放っておいたことをすぐに謝罪したが、表面上二人は怒《おこ》ってはおらず、そのまま時間だからとメルを教会まで送ってくれた。しかし、そう見えたのはアドルファスの優《やさ》しさで、本当は怒《いか》りを隠《かく》していたのではないか。

「そんなことはないと思いますよ」

「そうでしょうか」

メルが不安を口にすると、イェロニームは即座に否定した。

「あなたの歌や踊りを見ることが出来たのですから。その幸運を喜び、感謝こそすれ、怒りが沸《わ》くなどありえません。私も見せていただいたことがないというのに……」

「え？」

「いいえ、本当にメル様が心配なさることはありません。それよりも、次はどうするのですか？」

「次……イェロニーム、どうすればアドは喜んでくれると思いますか？」

「……アド？」

「そう呼ぶように言われたんです。あ、町中だけで良かったのかな？」

イェロニームはすべての事情を知っているので、愛称《あいしょう》で呼ぶことはないかもしれない。

イェロニームも王子を愛称で呼ぶなど不敬だと思ったのか少しだけ眉《まゆ》を顰《ひそ》めたが、すぐに口元に笑《え》みを浮《う》かべてくれた。

「第二王子は成人後、あまり民《たみ》の前には現れません。王城での宴《うたげ》にも顔を見せてはすぐ退席されているようです。今何を好んでいるのかはわかりかねますが……」

「……そうですか……」

頼《たよ》りのイェロニームにもわからないのならば、自分で考えるしかない。

今日の屋台巡《めぐ》りはそれほど嫌がっていなかったはずで、また市場に出かけてもいいかもしれない。

「ああ、そうだ」

美味《おい》しい屋台を神父たちに教えてもらおうか考えていたメルは、急に声を上げたイェロニームに慌《あわ》てて視線を向けた。

「幼いころですが、確か王子は甘味を好んでいましたよ」

「甘味ですか？」

「ええ、にこにこ笑って食べておられました」

「アドも甘味が好きなのですか！　私と同じですね！」

幼いころというのがどのくらい前かはわからないが、きっとほんの少し前のことだろう。メルは同じ甘味好きとして嬉しくなる。

「今度は甘味を食べに行きます！」

「どうせならば高級店がよろしいですよ。材料や技術も最高水準でしょうから、きっと王子も喜ばれます」

「そうですね！」

メルは身を乗り出し、親身になって店も考えてくれるイェロニームの手をしっかりと握《にぎ》り締《し》めた。

「ありがとうございます、イェロニーム。とても感謝しています」

「メル様が喜んでくださるのなら良かった」

人間界での協力者の存在は重要だと言っていた役人天使の言葉は本当だった。

地上に降りてすぐにイェロニームと出会えたのはとても幸運で、これもきっと神様のお導きだと、メルは胸の中で何度も感謝の言葉を告げた。

「菓子店《かし》に行きましょう！」

馬車の扉《とびら》を開けて中に足を踏《ふ》み入れたと同時に、メルは高らかに宣言した。座っていたアドルファスとエルヴィンが、黙《だま》ってこちらを見る。

「……」

「……菓子店？」

「はい。美味しい店を選びました。ちゃんと私も確かめましたよ。王都には美味しい甘味の店がたくさんあるんですね、とても迷いました」

イェロニームの助言で、次は菓子店にアドルファスを連れていくことを決めた。きっと美味しい菓子を作る人間を尊敬し、好きになってくれるに違《ちが》いない。

約束の日までの間にイェロニームがお薦《すす》めの店に連れて行ってくれて、メル自身とても幸せな時を過ごした。この幸せをアドルファスにも感じてほしい。

「どうして菓子店なんですか？」

黙っているアドルファスの代わりに、エルヴィンが訊《たず》ねてくる。メルは胸を張って説明した。

「甘味好きのアドならきっと喜んでくれると思ったからです」

「え……と、アドが甘味好きだってどこから？」

「内緒《ないしょ》ですよ、イェロニームが教えてくれました」

声を潜《ひそ》め、エルヴィンの耳元で教える。

「……」

「今の時季は果物も多いそうです。素晴《すば》らしい細工もしていて、見ているだけで幸せになりますよ」

美しいものに触《ふ》れるだけでも人間の魂《たましい》は喜ぶ。

メルは浮き立つ気持ちを隠すことができず、にこにこ笑いながらアドルファスの向かいに座った。

「……楽しそうだな」

「アドは楽しくないですか？」

大好きな甘味を食べに行くのだ……いや、男性で甘味好きは恥《は》ずかしく思うと神父の一人が言っていたことを思い出した。きっとアドルファスも恥ずかしいと思って同意しないのだろう。

(可愛《かわい》い)

ますます笑顔になるメルを、アドルファスが怪訝《けげん》そうに見てくる。

「……なんだ」

「いいえ」

馬車は市場がある広場の近くを通り過ぎ、貴族街と呼ばれる通りまでやってきた。

そのせいか行きかう人々の姿は少なく、反対に馬車の通りが多い。

「あ、あそこです」

二日前に来たばかりの店を教えると、馬車は近くで停《と》まった。御者《ぎょしゃ》が外から扉を開けてくれたので、まずメルが張り切って外に出た。

いかにも高級そうな外観の店の前には、正装した壮年《そうねん》の男性が立っている。こういう高級な店にはドアを開ける人間がいるのだとイェロニームが教えてくれた。

「こんにちは」

「いらっしゃいませ」

相手は先日来たばかりのメルのことを覚えていたようで、にこやかに挨拶《あいさつ》を返してくれる。

メルもにっこり笑ったが、その目がメルの後ろに向けられた瞬間《しゅんかん》、僅《わず》かに見開かれたと同時に即座に扉は開かれ、男性は深く頭を下げて微動《びどう》だにしない。

「あの、どうされたんですか？」

いったい何があったのかとメルは慌てたが、その背をエルヴィンに押されてしまう。

「大丈夫《だいじょうぶ》です。この店、僕も来たことがありますよ、入りましょう」

男性に軽く頷《うなず》いてみせたエルヴィンに背を押され、店の中に入ったメルはすぐに甘い匂《にお》いに意識が向いた。

案内はスムーズで、奥の個室に案内される。席に座ったメルはアドルファスに尋《たず》ねた。

「何が食べたいですか？　焼き菓子も美味しいですけど、季節の果物を使った珍《めずら》しいお菓子もありますよ？」

「……」

「メル殿、僕たちは焼き菓子にします。豆を使ったものがありますよね」

「ええっ、それも美味しいらしいです！」

店に来たことがあるらしいエルヴィンの言葉に、メルはしっかり頷《うなず》いて控《ひか》えている店員に注文する。もちろん、自分用の果物がたくさん盛られたケーキも忘れない。

メルの楽しい気持ちは注文した菓子がきたとたん最高潮になり、ワクワクした気持ちのままアドルファスの手が動くのを待った。自分が食べたいのはやまやまだが、それ以上にアドルファスの幸せそうな顔が早く見たかった。

綺麗《きれい》に盛られた菓子を見た目でも堪能《たんのう》しているのか、アドルファスはなかなか手を動かさなかった。

そして、ようやく手が伸《の》び、焼き菓子を一つ口に運ぶ。

（美味《おい》しいよね？）

先日メルは食べなかったが、豆の焼き菓子はこの店の名物だと聞いた。それならば絶対に美味しいはずだ。

「……久しぶりに食べたが、美味《うま》いな」

「美味しいですか？」

「ああ」

「人間はこんなにも美味しいものを作るんですよね、凄《すご》いですよね？」

メルも熟したチモがたっぷり載《の》ったケーキを口にする。濃厚《のうこう》な甘さの中にも瑞々《みずみず》しさがあって、口の中が幸せでいっぱいだ。

「たくさん食べてくださいね」

「……ああ」

アドルファスの口数は少ないが、意外にも一緒にいて居心地が良い。初めは彼の魂が綺麗なせいだと思っていたが、アドルファス自身が纏《まと》う雰囲気も好きだとわかってきた。

美味しいケーキを食べ、時々会話をする。そんな何気ない時間が、メルにとっても大切なものになっていた。

「アドはどんな甘味が好きですか？　私は果物が入ったものが好きなんです」

「……確かに、よく食べているな」

何を思い出したのか、アドルファスが僅かに目元を撓《たわ》めた。

「俺も、甘味というより果物が好きだったな。兄上がよく自分の物をこっそりわけてくれて」

「お兄さんがですか?」

「エレノーラ様は、兄上が果物嫌いだと知っていたから、俺に押し付けるなと叱《しか》ってくださった」

アドルファスの優しい声は、それだけ兄やエレノーラという人に対する愛情が込められているように感じた。彼にとっては良い思い出なのだろう。

それならは、母親は? 父親との思い出はないのだろうか。

「二人とのお茶会がいつも楽しみだった。だが、それを母上に密告した者がいて……」

そこで、アドルファスは口を閉ざす。先ほどまでの柔らかな表情が嘘《うそ》のように、冷え冷えとした眼差しは怖いほどだ。

「……アド?」

メルが問いかけても、アドルファスはそれ以上何も言わなかった。具体的なことはわからなくても、幼いころから母親と確執があったことは想像できる。

そのころ、彼の側にいたら……ふと、そんなことを思い、メルはその思いを打ち消した。今のアドルファスに必要だから自分は遣わされたのだ。

(頑張《がんば》らないと……っ)

天使昇格《しょうかく》試験のためだけでなく、アドルファスのためにも、メルは絶対に彼の番を見つけてみせると改めて心に誓《ちか》った。

＊＊＊

王城の自室に戻《もど》ったアドルファスは、椅子《いす》にどっかりと腰《こし》を下ろして大きな溜《た》め息をついた。

テーブルの上には上品な紙包みが置かれている。

美味しかったのならぜひ土産に持って帰ってほしいと、メルに強引に押し付けられた豆菓子だ。

「どうぞ」

そこに、エルヴィンがグラスを置いた。強い酒を一気に呷《あお》り、目を閉じたアドルファスはゆっくりグラスをテーブルに戻す。

「……どう思う？」

「可愛らしいじゃないですか。アドを懸命《けんめい》に喜ばそうとしている。しかも、そこにまったく私《し》欲《よく》がない、稀有《けう》な人物ですね」

「……」

そう、メルが何をしたいのかさっぱりわからない。先日は屋台に行き、今日は菓子《かし》店に行った。しかも、アドルファスに金はいっさい出させず、すべてメルが出してくれたのだ。

もちろん、意図的にそうして、後でもっと高価なものを要求してくる可能性はある。だが、メルに限ってそれはないだろうと確信できた……できてしまった。

「俺の番を見つけるんじゃなかったのか？　あれではまるで……」

そこまで言って口ごもる。その先を言うのはなぜか躊躇《ためら》いがあった。

「まるで、アドとメル殿が付き合っているかのようですね」

妙《みょう》に楽しげに言うエルヴィンを睨《にら》むが、まったく意に介《かい》さないのはわかっていた。優《やさ》し気な顔をしているが、相当図太い男だ。

「馬鹿《ばか》なことを言うな。あいつの占術《せんじゅつ》では、俺の番は小柄《こがら》で、濃《こ》い色をまとっているはずだ」

口にしたとたん、アドルファスは己《おのれ》の胸に鈍《にぶ》い痛みを感じたような気がした。メルは小柄だが、髪《かみ》も瞳《ひとみ》も眩《まぶ》しいほどに明るい色だ。

まったく反対の容姿を頭に思い浮《う》かべ、アドルファスは深い息を吐《つ》く。

アドルファスは占術というものを信じていない。そんなもので人間の一生がわかるはずがない。

……それなのに、こうしてメルに会っている。あの夜の言葉を確かめるためだと己に言い訳しながら、共にいる時間を甘受している。

それが不可解で、妙に腹立たしい。

「アド」

「……あいつの背後には誰《だれ》もいないんだな？」

「ええ。突然《とつぜん》イェロニーム司教が教会に連れてきた、未来視もできる占術の能力がある少年……と、表向きは説明されていますね」

「真相は？」

「司祭に長期王都を離《はな》れた形跡《けいせき》はありません。その間、メルを匿《かくま》っていたとは考えられませんね。いったいどんな繋《つな》がりがあるのか……」

「……」

王侯《おうこう》貴族とは違《ちが》うが、教会もまた国で大きな力を持つ組織だ。その組織の中でも中心的な人物が身元の怪《あや》しい少年を保護し、後見する。事実だけを見ても怪しい。

ただ、当のメルはどう見ても善良な人間だ。いや、王子のアドルファスに対しても平然とした態度をとれるし、やたら「人間は」と口にする、どこか浮世離《うきよばな》れした人物だ。

もしもあの態度が計算だとしたら――いや。

「何かを含《ふく》んでいるとしたら司祭の方だな。俺が甘味を好んで食べていたのは二十年近く前だぞ。そんな古い記憶《きおく》をわざわざ持ち出すなんて……どれだけ性格悪いんだ」

幼いころ甘味が好きでも、二十五歳の今はそれほど好まない。ただ、あれほど期待している目を向けられて、好きではないと言えるはずがなかった。

アドルファスはイェロニームの顔を思い浮かべ、思い切り眉間《みけん》に皺《しわ》を寄せた。

「……とにかく、もう少し様子を見る。占術《せんじゅつ》が嘘《うそ》であれ真実であれ、少しは暇《ひま》つぶしになるだろうしな」

「はいはい」

軽い口調で返すエルヴィン。

「エル」

「御意《ぎょい》」

強く言えば即座《そくざ》に態度を改める。

本当に如才《じょさい》無い男だ。

やるべきこと4　王子の胸の内を知ること

「どうぞ」

運ばれてきた美味しそうなケーキ。どんなものだろうとワクワクして待っていたメルは、テーブルに並ぶ皿を見て少し考えた。

（……どう見ても、違うような……）

季節の果物とクリームをふんだんに使ったケーキ。カットされたそれは、どう見てもアドルファスの前に置かれたものが一回り大きい。続いて、エルヴィン、彼よりもほんの少しだけ小さなメルの分。

市場で、メルはよくおまけをしてもらう。元気がいいからとか、笑顔《えがお》を見せてくれたからとか。いろいろと理由はあるようだが、皆《みんな》が好意を持ってくれているのはわかるし、もちろんそれは嬉《うれ》しく思っていた。

きっと、さっきの給仕《きゅうじ》の女性は、アドルファスに好意を持っていたのだろう。だから、一番大きくて美味しそうなケーキを彼の前に置いた。

「……」

メルは目の前のアドルファスを見る。最初から変わらず、今も彼はフードを目深《まぶか》に被《かぶ》って顔を見せていないし、眼鏡もかけている。王子だと認識《にんしき》されず、顔もよくわからないのに、アドルファスは妙に人を惹《ひ》きよせた。もしかしたらこれも、神の寵愛《ちょうあい》のせいかもしれない。

メルが内心納得して頷《うなず》いていると、アドルファスが無言のまま、自分の皿とメルの皿をすり替《か》えた。

「アド、こっちの方が大きいですよ？」

「いい」

アドルファスがさっさとフォークをつけてしまったので、メルは少し迷ったものの、目の前のケーキを食べることにする。

一口口の中に入れれば、途端《とたん》に果物の甘さが広がった。

（……美味《おい》しいっ）

この幸せを逃《のが》したくなくて頬《ほお》を押さえる。食べるごとにそうしているので時間がかかってしまい、エルヴィンに笑われてしまったが、まったく気にならなかった。

早々に食べ終わった二人とは違い、最後の一口までじっくり味わったメルは、ようやく落ち着いてアドルファスに礼を言った。

「ありがとうございます、アド。大きな方を譲《ゆず》ってくれて」

「……気が向いただけだ」

「それでも、アドの気持ちが嬉しいのです。優しい気持ちが嬉しい」

アドルファスは何でもないことのように行動するが、人を思いやるというのは簡単なようで難しい。特に、魂《たましい》が疲弊《ひへい》しているアドルファスのような人間は、どちらかといえば他者を思う余裕《よゆう》などないことの方が多いだろう。

本来、神が愛するほど美しい魂の持ち主だ。親しくなれば情《じょう》を傾《かたむ》けてくれる——。

「アド」

「なんだ」

「私たちはお友達になりましたか？」

茶を飲んでいたエルヴィンが咽《むせ》た。

「大丈夫《だいじょうぶ》ですか？　エル」

慌《あわ》てて声をかければ、失礼とハンカチで口を押さえる。

(お茶、苦かったのかな？)

恐《おそ》る恐る口にした茶はさっぱりとした口当たりで、甘い物の後には美味しく感じる。

(エル、身体《からだ》の具合が悪いとか……)

メルが頭の中でぐるぐると考えている間に落ち着いたのか、エルヴィンはにっこり笑いかけてくれた。

「僕は？　メルとは友達ですか？」

「もちろんです」

毎回アドルファスと出かける時についてきてくれるエルヴィン。いつの間にかメル殿ではなく、メルと呼んでくれるようにもなった。彼の存在はとても心強く思っている。そんな彼に友達だと思ってもらえるのは嬉しくて、メルは今度は期待を込めてアドルファスを見つめた。

しかし、アドルファスは友達とは答えてくれなかった。嫌《きら》われているのではないと思いたいが、まだ彼の心の中に入れてもらえないのだと思うととても悲しい。

（……あれ？）

胸の奥のどこかが、ツキンと僅《わず》かに痛んだ気がした。メルは首を傾《かし》げ、そっと両手を胸の上に置く。

（……痛くない）

気のせいだったかと安心して、メルはまたアドルファスを見つめた。

しばらく待っても、アドルファスは何も言わない。そのことを寂《さび》しいと思うが、好意は強制するものではなかった。

そもそも、メルはアドルファスの友達になるために来たのではなく、彼の番《つがい》を探すために地上に降りてきたのだ。目的を間違《まちが》えないようにしなければならなかった。

メルが友達にならなくても、彼と親しくなりたいと思う人間はたくさんいる。

「さっきの給仕さん、アドのことが好きなんですね。だから一番大きなケーキを置いたんだと思います」

今の女性の髪《かみ》は濃《こ》い茶色だった。黒ではないものの、濃い色のそれに少しだけ緊張《きんちょう》したメルだったが、アドルファスはその顔を見もしない。

ブランデン王国は大国のようで、その王都には様々な国の人々が集まっていた。中には黒と見間違うような紺色《こんいろ》の髪の人間もいたし、焦《こ》げ茶の髪の人間もいた。しかし、今のところ黒髪の人間を見たことはない。

王子と認識されなくても、麗《うるわ》しい容貌《ようぼう》を見せなくても、不思議なほど人を引き寄せる独特の雰囲気《ふんいき》を持っているアドルファス。そんな彼に女性たちが寄って来るのも当然のことだろう。

市場でもアドルファスにおまけする者や、ずっと後ろをついて来る者たちがいた。

アドルファスが望めばどんな女性でも手に入るだろうが、その女性が純粋《じゅんすい》にアドルファスを愛してくれるのかといえばよくわからない。

天使見習いのメルにとって、それは簡単なようでとても難しい問題だった。

「行くぞ」

メルが茶を飲み干したのを見計らい、アドルファスが立ち上がった。

そのまま長い脚《あし》でさっさと店のカウンターに向かうと、先に料金を払《はら》ってしまう。

「アド、あのっ」

今日こそ料金を払うつもりだったメルは慌てて後を追い、馬車に乗ろうとした手をようやく捕《つか》まえた。

「私が連れてきたんですから、私が払うのが当然だと思います」

既《すで》に、両手で数えきれないほどアドルファスと会っている。

メルとしては、自分が連れ出しているのでかかる費用は払うのが当然だと思っていた。しかし、確か四度目だったか、先回りをしたアドルファスに料金を払われてしまった。それ以降、支払いはアドルファスだ。

メルとしても急いで巾着《きんちゃく》を出そうとするが、いつもアドルファスの方が素早《すばや》くて負けてしまう。何度か後から手渡《てわた》そうとしたが、必要ないとすげなく断られてしまった。

エルヴィンにもどうにかしてほしいと頼《たの》んだが、

「男の意地ですよ」

と、笑って取り合ってくれない。

アドルファスに負担をかけてしまうなら会わない方がいいのかもしれないが、それだと。

（……私が……寂しい）

アドルファスは口数が少ないし、メルに対してもいまだ態度が硬《かた》い時がある。しかし、メルは彼の綺麗《きれい》な魂に触《ふ》れることは心地《ここち》好《よ》く、側《そば》にいると胸が温かくなった。

（……でも、少し控《ひか》えようかな）

そして、もっと本腰《ほんごし》を入れてアドルファスの番探しをする。

複雑に揺《ゆ》れる己《おのれ》の心を抑《おさ》え込み、ゆっくりと彼の腕《うで》から離《はな》そうとした指は、意外なほど強い力で摑《つか》み止められた。

「……アド？」

メルの手をしっかり握《にぎ》りしめているのに視線を合わせないまま、アドルファスはいつもと変わらない口調で言う。

「次は遠駆《とおが》けに行くぞ」

「え？」

「いつもお前に合わせて甘味を食べ歩いているんだ。次は俺のしたいことでもいいだろう」

「も、もちろんですっ」

アドルファスが自ら何かをしたいと言うのは初めてだ。どこか諦観《ていかん》の境地のような眼差《まなざ》しをしていた彼が望むこと。もちろんメルに否《いな》やはなかった。

「危険です。馬車にされた方がいいのではないですか」

馬による遠駆けを報告した時、イェロニームはまた眉間《みけん》に皺《しわ》を寄せた。心配性《しょう》な彼はメルが馬に乗れるかどうかを心配してくれたらしい。

馬に乗ったことはないが生き物の気持ちを感じ取れるので、メル自身はまったく心配はしていなかった。それよりも、アドルファスが初めて口にしてくれた希望を叶《かな》えたい、ただその一心だ。

「心配しないでください、イェロニーム。アドルファスの気分転換《てんかん》になるかもしれないし、私も一度王都の外を見てみたいと思っていたんです」

「……そう言われると、私には止めることはできないですね」

「ふふ、ありがとう、イェロニーム」

ふと、教育係だったウルヤナを思い出した。

人間界に堕《お》とされた優《やさ》しい天使。親のように心配し、愛してくれた彼とイェロニームは、面《おも》差《ざ》しにまったく似たところはない。しかし、メルを思う優しい心は同じように思う。

「そういえば、メル様、近々隣国《りんごく》からの使者が訪《おとず》れるということです」

「隣国ですか？」

「アドルファス王子の母君、王妃《おうひ》の母国です。表向きの理由は第一王子の婚約《こんやく》を寿《ことほ》ぐためということですが、それにしてはかなり遅《おく》れた訪問です」

「アドルファスの母親……」

この国の王妃だと知ってはいるものの、メルはまだ実際に会ったことはない。最初に王城に行った時も、アドルファスの顔を見ることだけに意識が向いていて、周りは気にしていなかった。

アドルファスの両親、そして兄。彼らはアドルファスを愛してくれているのだろうか。

「メル様、王妃とは接触《せっしょく》なさらないように」

「え？　駄目《だめ》なのですか？」

「あの方は己と生国にのみ目を向けています。メル様がお会いしても、おそらく……悲しむだけでしょう」

メルはじっとイェロニームを見つめた。

「……ありがとうございます、イェロニーム」

「メル様」

メルのことを思ってくれる言葉が嬉《うれ》しい。だが、メルはその言葉でアドルファスの母親に会ってみたいと思った。一番身近でアドルファスを愛してくれる存在だ、もしかしたら周りから誤解を受けているかもしれない。

(夜、こっそり王城に忍《しの》び込もうかな)

天使見習いの姿に戻《もど》れば、翼《つばさ》でどんな高い城壁《じょうへき》でも越《こ》えられる。

しかし、その前にアドルファスとの遠駆けがある。

(どんな景色を見ることができるんだろう……)

約束の日。

いつものようにやってきたアドルファスとエルヴィンと共に、メルは馬車に揺られていた。

（……あれ？）

「遠駆けというのは、馬に乗るんではなかったんですか？」

馬は今馬車を引いている。この馬で出かけると、馬車はどうなってしまうのだろうか。

「心配いりませんよ」

エルヴィンが安心させるように言った。

馬車は教会からも見えていた大きな門に着き、そこで武器を持った兵士らしき人物に一度停《と》まるように言われる。それも、エルヴィンが持っていた何かを見せるとすぐに頭を下げられ、簡単に門の外に出ることができた。その間、他《ほか》の列にいた人間は一人も通らせてもらえない。

「早いですね」

「こういう時に貴族の力を使わないと。案外便利なんです」

どうやら、貴族は民《たみ》よりも王都の出入りが容易らしい。

「ああ、いました」

少し走ると、大きな建物が見えた。王都を囲う外壁《がいへき》や門を見回る兵士の詰《つ》め所らしい。

そこに、一頭の馬がいた。

「凄《すご》い……綺麗……」

鬣《たてがみ》も毛並みも、美しい純白。遠くから見ても良く世話をされているとわかる美しい体形の馬だ。

「アドの愛馬です。今日はあれで出かけてください」

「え？　一頭しかいませんよ？　私は……この馬を借りるのですか？」

馬車の馬を借りるのかと首を傾《かし》げれば、エルヴィンがぶっと吹《ふ》き出す。彼は笑い上戸なのだ。

「メルを一人で馬には乗せられませんよ。窮屈《きゅうくつ》かもしれませんが、アドと相乗りでお願いします」

「アドと、ですか？」

「これでも幼いころから武芸を嗜《たしな》まれているので、野獣《やじゅう》や野盗《やとう》が出てきても安心ですよ」

そして、エルヴィンはここに残ると言う。てっきり三人で出かけると思っていたので、メルは戸惑《とまど》ってしまった。

「ここでエルを待たせるんですか？」

「最近忙《いそが》しかったので、ここでのんびりさせてもらいます。仕事も持ってきていますし、どうぞメルは楽しんできてください」

ゆっくりするのに、仕事を持ってきている。エルヴィンらしい。

メルはアドルファスに視線を向ける。今日もフード付きのマントを着ているが、その下は動きやすそうな服だ。

「行くぞ」

外から扉《とびら》が開けられ、いつもとは反対に先にアドルファスが降りる。続いてメルが扉に手を掛《か》けると、

「あ」

振《ふ》り返ったアドルファスに両手で腰《こし》を抱《かか》えられ、そのまま地面に下ろされた。

「……ありがとうございます」

こんなことをされるのは初めてだ。なんだか少し気恥《きは》ずかしい。

その間に年かさの男性が白馬を連れてきてくれた。メルが見ても嬉しそうに嘶《いなな》いた馬は、大きな身体《からだ》をぶつけるようにアドルファスに擦《なす》り付ける。

「今日は頼《たの》むな、ユーリ」

アドルファスは目を細め、ゆっくりとその鬣を撫《な》でた。彼がどんなにこの白馬を慈《いっく》しんでいるか、その眼差しと声音《こわね》が雄弁《ゆうべん》に語っている。

「エル」

「行ってらっしゃい。メルを頼みますよ」

「わかっている」

鞍《くら》を摑《つか》み、身軽に白馬に跨《また》ったアドルファスがメルに手を伸《の》ばす。

「え？」

どうすればいいのかと迷っていると。

「メル」

名前を呼ばれた。

無意識に伸ばした手を掴まれ、軽々と引っ張られてアドルファスの前に下ろされる。

「……軽過ぎる」

不機嫌《ふきげん》そうな言葉が頭上から落ちてきたかと思うと両脇《りょうわき》から手が伸びてきて、手綱《たづな》を軽く引っ張るのが見えた。

「は、速いです～っ」

メルは目の前の鬣にしがみついた。馬が痛がっては可哀《かわい》そうだと思うのに、手が強張《こわば》って力が抜《ぬ》けない。

「落とすわけがないっ」

「……っつ」

いつもより大きく、そして初めて聞くような楽し気な声。

(アドルファスが楽しそうなのは良《い》いけど～っ)

街道《かいどう》から離《はな》れた草原を楽しむ余裕《よゆう》がない。

メルを抱《だ》き込む体勢のアドルファスには、この身体が震《ふる》えているのは伝わっているはずだ。

だが、その速度は緩《ゆる》むことなく、むしろさらに速まった気がした。

「ひぁっ、わっ、ア、アド！」

馬は可愛《かわい》い。生命力に満ち溢《あふ》れているし、アドルファスにとてもよく懐《なつ》いているのも見た。

それでも、この速さは想像以上だ。

「もうすぐ着くっ」

「えっ、つくっ？」

その言葉通り、急に馬の速度が落ちる。感じる揺《ゆ》れが次第《しだい》に小さくなってきたので、メルは恐《おそ》る恐る目を開いた。

「……わぁ……」

今いるのは、少しだけ小高い丘《おか》だった。それほど高くないのに、距離《きょり》があるせいか王都を囲う壁《かべ》と大きな門がよく見える。

「ここから見れば、あのように小さな場所だ」

「……本当に、小さく見えます」

天界ではないのに、なんだかあの王都を見下ろしている感覚に襲《おそ》われた。

「……たまに、ここに来る。俺が今いる場所を確認《かくにん》するために」

「確認、ですか？」

メルが背後を見上げると、アドルファスはまたあの諦観《ていかん》した目になっている。どんな気持ちであの王都を見ているのか。メルは手綱を握《にぎ》っているアドルファスの手に己《おのれ》の手を重ねた。

「……王子などに生まれたくなかった」

「アドルファス」

「こんなふうに馬に乗り、世界中を旅して回りたかった。少なくとも、側《そば》にいる親の醜《みにく》い姿を見なくてもすんだだろうしな」

（……寂《さび》しい……）

アドルファスの心に同調しているのか、メルはとても悲しい気持ちになる。

思えば、彼の話の中には時折兄やエレノーラは出てきても、両親のことはまったくというほど出てこなかった。王族という一種特別な生まれであっても、これだけ親子の関係が希薄なのは珍しいと思う。

思い出の中にいない両親。いつからアドルファスは人嫌いになったのだろうか。

メルはじっと彼の手を見つめた。すべてが手に入るはずのこの手は、いったいどれだけのものを摑《つか》めたのか。

そこまで考えて、メルは目を伏せた。人の心の中まではわからない。ただ、アドルファスの魂《たましい》が、愛情に飢えて乾いているのは確かだ。

もしかしたら、いつも見せていた不遜《ふそん》な態度は、この寂しさを誤魔化《ごまか》すためではないだろうか。そうだとしたら、メルはまだ彼の心の内に入れてもらえていなかったのだと思い知り、己の力不足を嘆《なげ》いた。

彼の魂の疲弊《ひへい》はわかっていたつもりなのに、実際に言葉にされるとどうしていいのかわからないくらいに不安になった。それでも、アドルファスの為に何かしたい。

メルは握る手に力を込める。すると、頭上でふっと息が漏《も》れる気配がした。

「泣くな」

「……泣きません」

メルにとって、アドルファスはあくまでも昇格試験《しょうかくしけん》のための対象者だ。彼の幸せを見つけるために奔走《ほんそう》することは許されていても、彼のために泣くことは許されない。

特別な人間だと、思ってはならない。

「ブランデン王国は大国だ。国を維持するために、王族は意に添わないことも呑《の》み込まなければならない場合もある。……それはわかる。だが……俺の母親を知っているか。この国の王妃《おうひ》だというのに、民《たみ》からはいまだに『隣国《りんごく》の王女だった方』と呼ばれている。わかるか？　母上はこの国の者と思われていないんだ」

「……」

「側妃《そくひ》のエレノーラ様に対する苛烈《かれつ》な嫌《いや》がらせは、どんなに口止めしようとも王城の使用人から漏れる。食事に虫を入れる、ドレスを汚《よご》す、庭を荒《あ》らす。それらは料理人の怠惰《たいだ》、召使《めしつか》いの不注意、庭師の実力不足にすり替《か》えられ、今まで多くの使用人が辞《や》めさせられた。いくら父上に愛されていないからといって、一国の王女だった女のすることじゃない」

アドルファスはそっとメルの手を外し、馬から下りた。勝手に走り出さないように手綱は握っているが、支えを失った背中がとても寒くなった。

「父上もそれを窘《たしな》めることなく、ますますエレノーラ様へと心を寄せる。……周りから見れば母上の方が側妃だな」

「アドルファス……」

「俺の存在も、単に父上の歓心《かんしん》を買うため……いや、今はこの国を手に入れるための駒《こま》の一つでしかない。王妃となったのに、母上は己の大切なものしか見ていない。そんな王妃を誰が慕《した》う？」

淡々《たんたん》と話しているからこそ、アドルファスがこれまでどれだけ母親の所業に心を痛め、もう諦《あきら》めてしまっているのかを強く感じた。

アドルファスの強い人間不信は、いや、心の疲弊の原因は、母親という一番身近にいる人間のせいだった。

「だが、俺もそんな母親の子だ。己のことしか考えていない。こんな俺なんかより、兄上の方が遥《はる》かに次期国王に相応《ふさわ》しい……そう思わないか」

わざと己を卑下するアドルファスの言葉に、メルは何度も首を横に振った。

「あなたは優しい人です。とても、とても優しい人です。この国の人々のことも、お兄さんのこともちゃんと考えている。そして……」

メルはしがみ付いていた鬣《たてがみ》から手を離し、自分も馬から滑《すべ》り下りる。そして、微動《びどう》だにせず王都を見つめるアドルファスの隣《となり》に静かに立った。

「……あなたは、母親のことがとても好きなんですね」

「嫌《きら》いだ。憎《にく》んでる」

言葉とは裏腹の表情に、メルは泣きそうになるのを堪《こら》えて笑いかける。

「好きだから、憎んでしまうんです。アドルファス、母親に好きだと伝えたことはありますか？」

ようやく彼がメルを見る。呆《あき》れたような眼差《まなざ》しだが、先ほどまでの感情のない目よりもよほど良い。

綺麗《きれい》で不思議な双眼《そうがん》。その瞳《ひとみ》に映る自分がにっこりと笑った。

「好きと言われて、嫌な気持ちになる人間はいないはずです。好意を寄せてくれる相手に対し、自分も好意を向けたいと思うのではないですか？　否定してはいけません、あなたの母親を、あなた自身を」

「……ありえないな」

「そうでしょうか……」

良い提案だと思っていたが、アドルファスにはあまり有効な手立てではないらしい。

「呆れるほど能天気だ」

「の、能天気……」

「……お前らしいが」

これは、誉《ほ》められているのだろうか。いや、違《ちが》うと思う。

情けなくなって肩《かた》を落としたメルは、不意に頭に乗せられた手にくしゃりと髪《かみ》を撫《な》でられて慌《あわ》てて顔を上げた。

「……っ」

その瞬間《しゅんかん》、見下ろしていたアドルファスと視線が合った。彼は目を細め、口元を綻《ほころ》ばせている。少し前まで瞳は暗い色を宿し、母親を糾弾《きゅうだん》していたのに、今のアドルファスはどこか気恥《きは》ずかしそうだった。

「本当に、変わった奴《やつ》だな」

「え……」

「そろそろ時間か……帰るぞ、メル」

「！」

メルは大きく目を見張る。

「い、今、メルって言いましたか？　名前を呼んでくれましたよねっ？」

「ほら、行くぞ」

いつもは『お前』としか言わないアドルファスが名前を呼んでくれた。たったそれだけなのに、飛び上がりたいほど嬉《うれ》しい。

(私の名前、呼びたくないかもしれないって思っていたのにっ)

「メル」

さっさと馬に乗ったアドルファスが手を伸《の》ばしてくる。ハッと握り返したそれに引かれ、簡単に馬に乗せられた。

来た時とは違い、馬はゆっくりと走ってくれる。そのせいか、背中に密着しているアドルファスの熱が妙《みょう》に生々しい。

手を握ったり、顔を寄せて話をすることはあっても、こんなふうに身体《からだ》をくっつけるのは初めてかもしれない。いや、正確に言えば先ほども密着していたが、あの時はあまりの馬の速さにそんなことを考える余裕もなかった。

(な、なんだか恥ずかしい)

人間は温かい。そんなごく当たり前の事実が、嫌というほどメルにアドルファスの存在を感じさせる。

「どうした、おとなしいな」

からかうような声が耳元に落ちる。くすぐったくて身を捩《よじ》ると、危ないぞとさらに深く抱《かか》え込まれてしまった。

「ア、アドルファス、少し離《はな》れてください」

「は？　馬の上なんだから無理だろう」

「うぅ……」

（い、いつまで続くんだろう～っ）

いたたまれない時間に、メルはできるだけ馬の鬣にしがみつくよう身体を倒《たお》した。

＊　＊　＊

「気味が悪いですね」

「……」

「妙にご機嫌《きげん》で、気味が悪い」

王城の私室。いつものように酒を用意させて寛《くつろ》いでいると、エルヴィンが珍《めずら》しく生真面目《きまじめ》な表情で言った。まったくもって、口が悪い。

「俺の機嫌が良い方《い　》が、お前もいいんじゃないか」

いつも愛想《あいそ》笑いを忘れるなというくせに、いざ笑えば不審《ふしん》に思うなど本当に不敬だ。

しかし、そう思ってもアドルファスの口元は笑《え》んでいた。今日のメルの顔が、態度が、自然とアドルファスの心を和《なご》ませ、笑みを誘《さそ》うのだ。

今日、メルと王都の外で遠駆《とおが》けに出た。久しぶりに思い切り愛馬を走らせてやりたいと思っただけで、メルの存在はおまけのようなものだった。

だが、相乗りのために愛馬に乗せたメルの身体は驚くほど軽く、腕《うで》の中にすっぽりと入りこむほど華奢《きやしゃ》で温かかった。思えばこんなにも誰《だれ》かと近づくなど、幼いころ以来だったかもしれない。

そんなメルの温かさに、つい……口が解《ほぐ》れた。

誰もが知っていて、誰もが口にできない母親の悪行を吐き出してしまった。そんな女の息子である自分の存在を呪《のろ》う思いが抑《おさ》えられなくなった。

おそらく、メルは怖《こわ》がって、自分から距離《きょり》を置くに違いない。

どんな企《たくら》みがあって近づいてきたとしても、あんな女の息子に好意を寄せてくれるなど――あるはずがない。

そう思っていたのに。

『好きだから、憎んでしまうんです。アドルファス、母親に好きだと伝えたことはありますか？』

とんでもなく呑気《のんき》で、愚《おろ》かな言葉。

り込んだ。

馬鹿馬鹿《ばかばか》しくて笑い飛ばすつもりだったのに、メルの言葉はするりとアドルファスの心に入り込んだ。

もちろん、その言葉の通りに母親を受け入れられるはずがない。そうするには、母はあまりにも多くの罪を犯《おか》し、恨《うら》みを買っている。王妃《おうひ》、そして隣国《りんごく》の元王女という立場から罪を問われる可能性はほぼないだろうが、民《たみ》は、アドルファスは知っている。

それでも、メルの言葉に救われた思いがした。

「好きと言われて、嫌《いや》な気持ちになる人間はいないはずです。好意を寄せてくれる相手に対し、自分も好意を向けたいと思うのではないですか？　否定してはいけません、あなたの母親を、あなた自身を」

少なくとも、メルは否定しない。それだけで十分な気がするとは、己《おのれ》の単純さにまた笑いが零《こぼ》れそうだ。

「……また笑ってる」

実際、笑みが零れてしまったらしい。

アドルファスはグラスを傾《かたむ》け、ふっと息をついた。

「明日《あした》、ザカライア国の王女が来るな」

「ええ。現王の第二王女、リゼット様ですね」

「……何しに来るんだろうな」

訪問理由は、異母兄である第一王子の婚約《こんやく》を寿《ことほ》ぐためだ。しかし、それにしては微妙《びみょう》に時期がズレている。

「……母上が妙に上機嫌だ」

「不気味ですね」

「何か企んでいるんだろうが」

(兄上の幸せは絶対に守る)

婚約期間は一年間。年が明けて婚儀《こんぎ》を挙げれば、間違《まちが》いなく異母兄が王太子になる。アドルファスは身を固めるつもりはないし、ましてや子を生《な》すつもりもない。確実に異母兄が王位を継承《けいしょう》できるようにするために、しっかりと母親を見張るつもりだ。

だからこそ、この時期の母の母国からの使者と、上機嫌が、心の中のざわめきを大きくさせていく。

「謁見《えっけん》にはアドも呼ばれていますよ」

「……」

「逃《に》げ出すのは悪手です。あくまであちらは、祝うために来られているんですから」

「……そうだな」

アドルファスは溜《た》め息をついた。

「母上の野心はいつになったら萎《な》えるんだろうな」

父に愛されることが無理ならば、せめてこの国の民を愛せばいいのにと思う。メルが言っていたように、愛を返してくれる者もいたかもしれないのに。

「さあ、今日はもう休んでください。酒はほどほどに」

「わかっている」

そう言いながらも、グラスに伸びかけた手をふと見た。

(……細い身体だったな)

抱《だ》きしめたメルの身体を思い出す。

温かなあの感触《かんしょく》を忘れたくない。アドルファスは強く手を握《にぎ》り締《し》めた。

やるべきこと5　王子の番候補《つがい》に会うこと

隣国、ザカライア国から使者が来たらしい。

謁見に出席するため出かけていたイェロニームから聞かされたのは、思いがけない事実だった。

「……黒髪《くろかみ》、ですか？」

「黒髪とは違《ちが》うかもしれません。少し青みがかって見えましたから」

ドキリと大きく鼓動《こどう》が打ち、メルは合わせた手を握り締める。

イェロニームがそう言うのならば、限りなく黒に近い色なのだろう。

「長さは、どうでしたか？」

「王女にしては短いと思います。肩《かた》までの長さでした」

人間の成人女性は髪が長い者が多い。貴族の女性に限ればその確率は高いそうだ。長い髪を手入れできるほどの財力があるという理由らしい。ましてや王女ならば、複雑な髪形をするためにも長い髪が当然ということだった。

イェロニームの説明を聞きながら、メルはソワソワとしてしまう。

「あの、その場にアドルファスはいたんですか？」

「ええ。王族は皆《みな》お揃《そろ》いでした」

（では、アドルファスもその人を見ているんだ……）

小柄《こがら》で、濃《こ》い色をまとっている。メルはアドルファスに運命の番のことをそう伝えた。実際は黒色だが、青みがかった黒色は十分その対象になる。

アドルファスは、今日会った王女を運命の番と感じたのだろうか。気になってしかたがないが、現状メルに確かめる術《すべ》はない。

いや。

（やっぱり王城に忍《しの》び込んで……）

どうしても、王女に会いたかった。アドルファスの魂《たましい》を癒《いや》してくれるほど優《やさ》しく、真実彼を愛してくれる人間なのか、この目で見て確かめたい。

今にも立ち上がりそうなメルの様子を見て、イェロニームが少し笑った。

「落ち着かれてください、メル様。王女にお会いする方法はあります」

「え？　本当ですか、イェロニーム」

「二日後、王女たちの歓迎《かんげい》の宴《うたげ》が王城で開かれます。そこに、『小さな占術師《せんじゅつし》』も呼ばれました」

「本当にっ？」

それならば、堂々と王城に入ることができる。

「ありがとうございますっ、イェロニームっ」

「メル様が喜んでくださって良かった。さあ、本日はもうお休みください。来客が多くて大変でしたでしょう」

気遣《きづか》ってくれる言葉に頷《うなず》き、メルは言葉に甘えて湯をもらうことにした。

この入浴というのは、メルが人間界にやってきて見つけた楽しみの一つだ。水を沸《わ》かして湯にし、裸体《らたい》となって浸《つ》かる。

天上界では、湯に入るという概念《がいねん》がなかった。身体《からだ》も衣《ころも》も汚《よご》れることはないからだ。ただ湯に入るだけだというのに不思議と身体が軽くなって、幸せな気分になった。人間は本当に不思議で楽しいものを見つけ、作りだす能力があると思う。

教会にも風呂場《ふろば》があり、メルが来てからは一番に入ることを勧《すす》められている。本来は数人が一緒《いっしょ》に入るものらしいが、イェロニームが頑強《がんきょう》に反対し、神父たちも強固に遠慮《えんりょ》をした。

メルとしては楽しく話しながら入浴を楽しみたかったが、今は一人の時間をのんびり堪能《たんのう》させてもらっている。

「ふん、ふん、ふ～ん♪」

自然に漏《も》れてくる音律を奏《かな》でながら、メルは広い風呂場で翼《つばさ》を広げた。

今では当たり前に翼を仕舞《しま》って生活しているが、たまにこうして広げて手入れをするのだ。純白の翼は、天界の者の綺麗《きれい》な心を表している。その手入れは苦ではないし、楽しい作業でもあった。

「……あれ？」

ふと、手を止めた。

「今……あれ？　汚れてる？」

右側の翼の先端《せんたん》が少しくすんでいる。ずっと仕舞っている翼が汚れるわけがなく、メルは見間違いかと引き寄せ、目を凝《こ》らして確かめた。

「……」

やはり、くすんで見えた。ほんの僅《わず》かな部分だけだが、薄《うす》い灰色になっている。

メルの心臓がまた、ドクンと大きく脈打った。こんなことは初めてだ。わけのわからない焦《あせ》りが襲《おそ》ってきて、早くどうにかしなければと手を伸《の》ばす。

羽を慎重《しんちょう》に濡《ぬ》らし、身体を洗う用の石鹸《せっけん》で優しくこすってみた。泡《あわ》は白いままだったが、湯で洗い落としてみると先ほどまでのくすみがなくなっていた。

「……汚れていたのかな」

不自然な現象だが、洗って落ちたのならば汚れに違いない。純白の翼がもとに戻《もど》り、メルはようやく安堵《あんど》の息をついた。

「良かった……」

きっと無意識のうちに翼を出していて、その際に汚れてしまったに違いない。洗って落ちる汚れで良かったと、メルは自分自身に言い聞かせた。

天使見習いに、いや、天界の者にとっては象徴《しょうちょう》ともいえる純白の翼。天界の者の綺麗な心を表す翼の色。もう絶対に汚さないと心に決めた。

しかし、メルの不安は的中してしまった。

翌日、うっかり翼を出してしまわないよう、一日中背中を意識して過ごしたメルは、今日は大丈夫だろうと思い、入浴中に背中の翼を確かめるが――。

「……どうして……」

パサリと広げた純白の翼。その翼の、昨日見た先端部分がくすんでいた。

「え……汚れが取れていなかった？」

昨日洗ったはずだ。純白に戻ったところは何度も確かめた。

メルは震《ふる》える手で翼を引き寄せる。目を凝らして見た部分は、やはりくすんでいるようだ。

(どういうこと？　どうして翼がこんな……)

一刻も早く役人天使に確かめたい。大丈夫《だいじょうぶ》ですよと言ってほしい。

しかし、この昇格《しょうかく》試験が終わるまで、メルは天界に連絡《れんらく》を取ることができなかった。

「……どうしよう……」

取れる方法は二つ。アドルファスの番を見つけて昇格試験を終わらせるか、今回の試験自体をなかったことにするか。

神様は言われた。

《ブランデン王国第二王子アドルファスに、愛する者を番《つが》わせなさい》

そして、続けてもう一言。

《メル、あなたが諦《あきら》めても、私はあなたを喜んで迎《むか》えます》

もしも、今回の昇格試験が失敗しても、仮に……逃《に》げ出しても、神様はメルを迎え入れてくれる。神様は嘘《うそ》を言わない、今ここでメルが天界に帰っても、仲間は温かく包んでくれるだろう。

だが、メルがここで昇格試験を諦めて天界に戻れば、アドルファスはどうなってしまうだろうか。あの美しい魂がどんどん疲弊《ひへい》して、輝《かがや》きを失ってしまうのではないか。

次の天使昇格試験を受ける者が、今回と同じ課題だとは限らない。

そう考えると、メルはどうしても途中《とちゅう》で投げ出すわけにはいかなかった。

「……きっと、また無意識のうちに翼を出してたんだ……」

昨日よりも丁寧《ていねい》に洗うと、見た限りでは元の純白に戻った気がする。

「……よし」

明日《あした》は王城に行き、隣国《りんごく》の王女を見て確かめなければならない。アドルファスの番《つがい》であることを願って……。

「……痛い」

胸が、またツキンと痛む。

「……気のせいだから」

この胸の痛みも、翼のくすみも、きっと全部気のせいだ。

そう言い聞かせ、メルは頭から湯をかぶった。

王妃《おうひ》の母国からの使者ということで、宴はとても華《はな》やかで盛大なものになっていた。

王の寵愛《ちょうあい》はなくとも、正妃《せいひ》だ、その機嫌《きげん》を損《そこ》ねるわけにはいかないと、国内の貴族が集まっているらしい。

これから王妃の言葉があるらしく、メルはイェロニームと共に広間の端《はし》に佇《たたず》んでいた。

（……あ）

時間になったのか、王族が入場してくる。先頭が王か、優《やさ》し気な容貌《ようぼう》はあまりアドルファスに似ていなかった。

続いて、華やかなドレス姿の女性が現れる。背が高く、整った美貌《びぼう》の彼女は、銀髪《ぎんぱつ》に薄翠《うすみどり》の瞳《ひとみ》をしていた。性別の違《ちが》いがあるが、アドルファスに面影がよく似ている。きっと彼女がアドルファスの母親だ。

あまりよい評判は聞いたことがないが、今日はにこやかに笑《え》んでいる。

続いて、小柄《こがら》な女性が現れた。

「側妃のエレノーラ様です」

小声で教えてくれるイェロニームに頷《うなず》く。側妃だというのに王の寵愛を一身に受けているということで、もっと艶《あで》やかな容姿を想像していた。しかし、その姿は柔和《にゅうわ》で可愛《かわい》らしい。こうして並ぶと、王妃とはまったく逆の容姿だ。

その側妃を気遣《きづか》ってかすぐ側《そば》にいるのが、第一王子、アデルバード。アドルファスとは違い、父親である王によく似ている。時折母子が視線を合わせ、微笑《ほほえ》み合っている姿は微笑ましく、一人背筋を伸ばして周りを見据《みす》えている王妃とは明らかに対照的だった。

そして、最後に、アドルファスが現れた。その途端《とたん》、広間の空気が変わったのがメルにも伝わった。

(アドルファス……)

正装した彼は、素晴《すば》らしく美しく、凛々《りり》しかった。思わず見惚《みほ》れてしまったメルだが、それは他《ほか》の招待客も同様だったらしい。

そこかしこから、熱い眼差《まなざ》しがアドルファスに絡《から》みついている。普通《ふつう》の人間ならば息苦しくなるだろうその熱量。しかし、慣れているのかアドルファスは眉《まゆ》一つ動かさない。その冷たい美貌が皮肉にも王妃とよく似ていて、メルは少し悲しくなってしまった。

(母親には……愛がない)

王妃の視線はアドルファスに向けられているというのに、その中に母親らしい慈愛《じあい》の色は微《み》塵《じん》もない。

あの日、遠駆《とおが》けをした日にアドルファスに言った言葉は、かえって彼を苦しめたかもしれない。落ち込んだメルが顔を逸《そ》らそうとした時、ふと、彼がこちらに視線を向けたのが見えた。今日来ることは伝えていなかったが、ヴェールを被っている姿で気づいたのだろう。

「！」

次の瞬間《しゅんかん》、アドルファスが笑んだ。ほんの僅《わず》か口元を緩《ゆる》めただけだが、広間の中にどよめきが走る。

「珍《めずら》しい、第二王子が笑われるなど」

イェロニームの呟《つぶや》きに、メルは動揺《どうよう》する気持ちを抑《おさ》えるのに必死だった。滅多《めった》に見られないアドルファスの笑みは衝撃《しょうげき》が大きすぎる。

慌《あわ》てて視線を逸らすと、それに合わせたかのように音楽が流れ、使者の入場が案内される。アドルファスに集まっていた視線も、開け放たれた扉《とびら》へと向かった。

「……っ」

盛大な拍手《はくしゅ》と共に、涼《すず》やかな容貌の少女が入ってきた。

淡《あわ》い紫《むらさき》のドレスを身にまとった少女は、しっかりと顔を上げてにこやかに笑んでいる。こんなにも多くの視線に晒《さら》されているというのに、まったく動揺した素振《そぶ》りは見えなかった。

綺麗《きれい》に編み込まれた髪《かみ》は、イェロニームが言ったように肩《かた》で揃《そろ》えられている。その色は一瞬《いっしゅん》、黒かと思うほど濃《こ》い色だった。

「リゼット王女です」

「……本当に、黒髪に見えますね……」

おそらく、陽《ひ》の光の下ならばもっと青みがかって見えるのだろうが、室内の照明の下では十分黒髪と言っていい。紫の瞳を輝かせながら、壮年《そうねん》の男性のエスコートで王女は王族が居並ぶ壇上《だんじょう》までやってきた。

「今宵《こよい》はわたくしたちのために、このような素晴らしい宴《うたげ》を催《もよお》してくださったこと、心より感謝申し上げます」

膝《ひざ》を折って淑女《しゅくじょ》の挨拶《あいさつ》を終えた王女。目線を上げた彼女の目は、迷いなくアドルファスに向けられた。言葉よりも雄弁《ゆうべん》な、熱っぽい眼差し。そしてそのまま、彼女はアドルファスの隣《となり》に並び立つ。

「これは……」

唸《うな》るイェロニームと同様、そこかしこでざわめきが大きくなった。

そのざわめきの意味がわからないメルは小さな声で尋《たず》ねた。

「イェロニーム？」

「みなさん、どうしたのですか？」

「……リゼット王女は、アデルバード王子の婚約《こんやく》祝いにいらした。本来は王と王妃の間にお立ちになるのが無難でしょう。ですが、今王女はアドルファス王子の隣に立たれた。これがどういう意味かおわかりですか？」

「……アドルファスと……親しくする……ため？」

メルはじっと壇上の二人を見る。

王女の眼差しは真っすぐにアドルファスの横顔に向けられている。その中には確かな熱が含《ふく》まれているのが誰《だれ》の目にもわかった。

反対にアドルファスは、その視線の熱に気づいているだろうはずなのに、まったく目を合わせないまま前方を向いている。先ほどメルのいる方へと向けられた笑みなど幻《まぼろし》のようだ。

二人の温度差に周りが躊躇《ためら》っていると、王妃が一歩前に出てきた。ゆっくりと、列席する者を見回し、赤い唇《くちびる》を開く。

「この度《たび》、わたくしの姪《めい》が第一王子アデルバードの婚約を寿《ことほ》ぐために来国してくれました」

にっこりと艶やかに微笑みながら王女を振《ふ》り返る。その時はさすがに王女も王妃の視線に頷き、綺麗な淑女の礼をした。

「滞在中《たいざい》、わが息子《むすこ》アドルファスがエスコートをいたします。よろしいですわね」

その途端、小さな悲鳴が上がった。それは一つではなく、幾人《いくにん》もの若い女性の声だ。

ぶわっと、様々な念が渦巻《うずま》くのが見える。妬《ねた》み、嫉《そね》み、憎悪《ぞうお》。それが一斉《いっせい》に王女に向けられたのを感じ取ったメルは身体《からだ》を硬直《こうちょく》させた。こんなにも多くの負の感情を一度に感じるのは初めてだ。

無意識に、震《ふる》える肩を抱《だ》きしめた。

人間の嫉妬《しっと》の感情は、もしかしたら愛情よりも強いかもしれない。そんな感情を向けられた王女が心配だったが、視線の先の彼女はまったく動じる様子もなく、アドルファスの隣に立っている。

(彼女が……アドルファスの番《つがい》?)

神は、アドルファスの番と出会えれば、メルにはわかると言っていた。しかし、彼女を初めて見た時、メルは何も感じなかった。今も、何もわからない。

もしかしたら、負の感情に混乱しているせいかもしれない。例えば、彼女に手に触《ふ》れることができれば、もっと明確にわかるかもしれないと考えた。

占術《せんじゅつ》の天幕に来ればと願ったが、結局彼女は王族とごく僅かな貴族たちと話すだけで、最後までアドルファスの側から離《はな》れることはなかった。

歓迎《かんげい》の宴での王妃《おうひ》の発言は、事実上アドルファスとリゼット王女の内々の婚約発表だとあの場にいた者は考えたようだ。

それまで国内だけでなく、周辺国からも舞《ま》い込んでいた縁談《えんだん》が激減したと、イェロニームが教えてくれた。どうして司祭の彼がそんな話を知っているのかと不思議に思ったが、不思議な笑顔で、

「秘密です」

と言われてしまった。

「イェロニームは凄《すご》いですね」

「はは、ありがとうございます。……メル様、リゼット王女がアドルファス王子の番なのですか？」

「……それは……」

メルは目を伏《ふ》せる。

「わからないんです……」

あれきり王女と会うことができず、確かめる手段がなかった。

もちろん、メルも何も考えていないわけではなかった。アドルファスと会えば、彼の魂《たましい》を見

れば、アドルファスが番と出会えたかどうかはわかるはずだった。しかし、あの宴以来アドルファスは教会にやってこない。今までも明確な約束をしていたわけではないが、彼と出会ってからこんなに会わない時間は初めてで、メルも落ち着かない日々を過ごしている。

「メル様がわからないのですか」

「……彼女の欲《よく》は見えました」

アドルファスに対する想《おも》いは純粋無垢《じゅんすいむく》ではないものの、人間のことを知るようになったメルからすれば、何とか許容範囲《はんい》の欲望だった。そもそも、愛する対象を独占《どくせん》したいと思うのは間《ま》違《ちが》ってはいない。

それに、神の祝福を受けたアドルファスの側《そば》にいれば、彼女の魂も清浄《せいじょう》になっていくことも考えられた。

しかし……メルは動けなかった。彼女に助言をせず、アドルファスにも何も言えなかった。

「ごめんなさい」

己《おのれ》の力不足に、メルは深く落ち込んでしまった。

自分がアドルファスの番を見つけ、愛とは素晴《すば》らしいものだと知ってもらうつもりだったのに、現状何もできないのがもどかしい。

――いや、違う。なぜか積極的に動こうと思えなかったのだ。

(どうして……喜べないんだろう……)

アドルファスの番が見つかるかもしれない。あの王女がそうかもしれない。

もっと、喜べると思っていた。一刻も早くアドルファスの番を見つけ、天使昇格《しょうかく》試験に合格して、念願の天使になるつもりだった。

そうなると、アドルファスもきっと幸せになる。その魂を愛《め》でた神が喜んでくれる。

しかし、今のメルはアドルファスに誰か特別な相手ができることを寂《さび》しいと思った。遠駆《とおが》けをした時のアドルファスの笑《え》みが、身体の温かさが忘れられなくて、アドルファスと会えなくなる時間が来てしまうのを……惜《お》しく思ったのだ。

「メル様？」

目を伏せるメルに、イェロニームが心配そうに声を掛《か》けてくる。

メルはこの思いが何なのかわからない。博識なイェロニームならば、きっとこの言葉にならない思いに答えを出してくれるような気がした。

「……イェロニーム」

しかし、言えなかった。イェロニームに秘密にすることがあるなんて初めてだ。

人間の良さを知ってもらうためだと言いながら、彼と一緒《いっしょ》に王都を見て回る自分の方が楽しかった。口数が少なく、一見不機嫌《ふきげん》そうなのに、人ごみの中でメルを庇《かば》ってくれる手は優《やさ》しく、時々呆《あき》れたように笑う表情がとても綺麗だった。

メルが楽しくなったら駄目《だめ》なのに、アドルファスのために早く彼の番を探さなくてはならないのに……アドルファスの行動が、眼差《まなざ》しが、メルを特別だと言っているようで胸が苦しいのだ。

(……駄目だ)

このままではアドルファスの幸せが遠のいてしまう。

メルは強く手を握《にぎ》り締《し》めた。

「イェロニーム、お願いがあります」

「なんなりと」

無条件にメルに力を貸してくれるイェロニームに感謝しながら、メルは願いを口にした。

その三日後、早速《さっそく》動いてくれたイェロニームのおかげで、教会の天幕の中、メルはリゼット王女と向き合っている。

「噂《うわさ》の『小さな占術師《せんじゅつし》』に会えて、とても光栄ですわ」

「こちらこそ」

ヴェールの下、メルは緊張《きんちょう》した面《おも》持ちで目の前の王女を見つめた。

近くで見ると、王女はまだ幼い容貌《ようぼう》だった。好奇《こうき》心旺盛《しんおうせい》な輝《かがや》く目を向けてくる様は、まだ子供だと言っていいかもしれない。

「アドルファス様もよく通われていると聞きましたわ」

「そうなのですか？」

教会にやってくる時、アドルファスはいつもフードで顔を隠《かく》しているし、使っている馬車も王家仕様のものではなかった。そのため、メルは絶対に正体はわからないと思っていたが、どうやら目敏《めざと》い者は気づいているらしい。

確かに、市場や広場など、人通りが多いところを好んで歩いていたし、側には常にエルヴィンがいた。アドルファスの側近であるエルヴィンの顔も、わかる者にはわかるのかもしれなかった。

「想い人との未来も占《うらな》っていただけるのですって？」

「……いらっしゃいますか？」

「ええ。この国の第二王子、アドルファス様です。わたくし、どうしてもあの方の妻になりたいのです」

妻。堂々と言葉にできるその心根が潔《いさぎよ》い。

メルは膝《ひざ》に置いた手を握り締めた。

「王子が……好きなのですか？」

「だって、あんなにも綺麗《きれい》なお顔をなさっているのよ？　欲しいと思う者がいてもおかしくないでしょう？」

「顔、ですか……」

アドルファス自身のことはどう思っているのか。

「王妃様もお望みになり、わたくしもこの縁談を受け入れたいと思っています。視《み》ていただけるでしょう？」

メルは目を閉じた。

（……やっぱり、感じない……）

こんなにも間近で対面しても、メルは彼女がアドルファスの番《つがい》だとわからなかった。しかし、それはきっと、今自分が冷静に彼女を見ることができないからだ。

（どうか、アドルファスの魂の寂しさに気づいて……）

メルは強張《こわば》る顔に笑みを張り付けた。

「……少しだけ、アドルファス王子のことをお教えします」

（どうか……）

＊　＊　＊

「どういうことだ」

「え？」

数日後、午後からの占術に天幕に向かおうとしたメルは、前触《まえぶ》れもなく訪ねてきたアドルファスに捕《つか》まってしまった。

口調も顔も、相当怒《おこ》っていると知らしめるものだが、しかし、メルはどうしてアドルファスが怒っているのかわからなかった。

「どうしたんですか、アド」

「……わからないのか」

「……わかりません」

メルはそう言いながらアドルファスを見上げる。久しぶりに会った彼は相変わらず眩《まぶ》しくて、今まで見たことがないほど憤《いきどお》っていた。

(何かあったのかな……)

王女が教会に来てからどのくらい経《た》っただろうか。

町の噂で、二人が何度か町中に現れたのは知っていた。仲睦《なかむつ》まじかったと言う者がいれば、冷たい雰囲気《ふんいき》だったという者もいた。

それでも二人で出かけているのは確かだったので、メルは少しでも二人の仲が進展するように祈《いの》っていた。

その間、当然だがアドルファスはメルに会いに来ていない。そう、来なかったのだ。

「……」

メルは口を引き結ぶ。意識しないと、なんだかアドルファスを責めてしまいそうだったからだ。

(会いに来てくれなかったなんて……そんなの、私の勝手な欲求《よっきゅう》なのに)

「……ここ数日、ずっと甘味を食べさせられた」

「……」

「すべて、お前と行った場所だ」

どうやら、アドルファスは気づいたらしい。

「メル」

「……っ」

今、名前を呼ぶなんて卑怯《ひきょう》過ぎる。メルは強張りそうになる顔を見せないように俯《うつむ》いた。

「メル、俺は……」

「ご、ごめんなさい、アド。もうお客様が待っているんです。……お仕事はちゃんとしないと」

今、アドルファスと話すと、自分でも意識しないおかしなことを言ってしまうかもしれない。メルは誤魔化《ごまか》すためにそう言い訳をした。幸い、天幕の前にはすでに列ができている。

アドルファスはそれを見て、フードの中で眉《まゆ》を顰《ひそ》めた。

「……また来る」

もっと粘《ねば》るかと思ったが、アドルファスは帰っていった。久しぶりに会ったというのに、彼の顔をよく見ることができなかった。

（……もっと、他《ほか》に言い方があったかもしれない）

追い返すような形になったのが気になって、メルは集中しようと思ったのに占い中ずっと彼のことを考えてしまった。

来てくれた人々に申し訳ないと思うが、気持ちはなかなか切り替《か》えられない。

そうしてメルは午後ずっと落ち込んだ気分のまま過ごした。

「……はぁ」

最近、溜《た》め息が多くなった気がする。こんな気持ちでは人々を幸せにする助言なんてできるはずがない。

メルは重い足を引きずりながら風呂場《ふろば》へと向かった。

ここでも、メルの憂鬱《ゆううつ》は続いていた。少し前から気づいた翼《つばさ》のくすみが、あれからずっと続いているからだ。

痛みはなく、洗えば元の純白に戻《もど》るものの、その範囲《はんい》が少しずつ広がっているような気がして不安でたまらなかった。

見たくないのに、確認《かくにん》せずにはいられない。

今日はアドルファスと久々に会った嬉《うれ》しさと、彼を追い返した形になった後ろめたさに苛《さいな》まれながら、メルはゆっくりと服を脱《ぬ》いだ。

（今日は、何事もありませんように……）

身体《からだ》を洗い終えたメルは、一度大きく息を吐《つ》いてから背中の翼を解放した。

くすみがあるのは、いつも右側の翼の先端《せんたん》だ。メルは恐《おそ》る恐る手を伸《の》ばし、翼を目の前まで引き寄せてみた。

「う……そ」

純白の翼の中に、黒い羽を見つけた。

「……っ」

メルは急いで服を着、そのまま教会の礼拝堂に駆《か》け込んだ。

途中《とちゅう》、何人かの神父に会って声を掛《か》けられたようだが、その声はいっさい耳に入ってこなかった。

「神様！」

礼拝堂の中は、この時間には珍《めずら》しく誰《だれ》もいなかった。

それが偶然《ぐうぜん》なのか、それとも何かの力が働いたのかメルにはわからなかった。いや、そこまで頭が回らない。

「私の、私の翼が！」

どうして黒い羽が現れたのか、メルは助けを求めるように天界の神を必死に呼んだ。今の自分は天界の者と連絡《れんらく》が取れないとわかっているのに、そうせずにはいられなかった。

「どうして……っ」

すると、不意に礼拝堂の中が光り輝《かがや》いた。もう窓の外は薄暗《うすぐら》くなり始めているはずなのに、まるで昼間の、いや、この明るさは天界の――。

「！」

目の前に光の粒《つぶ》が集まり、それは人の形になっていく。だが、これは人間ではない。優美な純白の翼を背負った……天使だ。

「メル」

現れたのは、メルに天使昇格《しょうかく》試験を告げた役人天使だった。なぜか彼は悲し気な顔をしてメルを見つめている。

自分の呼びかけに応《こた》えてやってきてくれたのだ。メルは必死に訴《うった》えた。

「私の翼に黒い羽が出てきたんです！　ずっと、くすみが出ていたのに、私、洗って誤魔化して、でも、でも今日、黒い羽がっ」

混乱して、自分でも何を言っているのかわからない。

とにかく今のこの不安を、どうしようもない混乱をわかってほしくて、メルは言葉を言い募《つの》った。

しばらくメルの訴えを聞いてくれていた役人天使が、手を差し出す。すると、仕舞《しま》っていたメルの翼が現れた。

「メル、あなたは堕《お》ちかかっています」

「……え？」

何を言われたのか、すぐにはわからなかった。

「あなたは誰か特別な人間を作ったのではないですか？　天使は人間を平等に愛さなくてはなりません。一人の人間に特別な想《おも》いを抱《いだ》けば、天界の者は地上に堕ちてしまうのです」

「……特別、な？　一人にって、私は、そんな……っ」

あるはずがないと返そうとしたのに、メルの頭の中に一人の人間の顔が浮《う》かんだ。

人間離《ばな》れした、とても美しい顔。その魂《たましい》も綺麗《きれい》なのに、泣きたくなるほど疲弊《ひへい》してしまっている人。

(……アドルファス)

「気がついたようですね。メル、今すぐにその想いを消し去りなさい。あなたは昇格試験のためにあの人間に近づいていますが、そこに慈愛《じあい》以上の感情を抱くことは許されません。このままではあなたの美しい羽は、漆黒《しっこく》の翼になってしまいますよ」

淡々《たんたん》と説明してくれる役人天使だが、その声にはメルに対する心配の色があった。

彼はメルを思い、こうして忠告をしに降りてきてくれたのだ。

「私は……私は、アドルファスに……」

「メル、このままでは私はあなたを断罪しなければならなくなります。試験に合格し、天使となるのでしょう？　私と共に神のために働くのではないのですか？」

そう、メルは敬愛する神のために頑張《がんば》るつもりだった。それなのに、いつの間にかアドルファスに気持ちが傾《かたむ》いていたとは。

自覚なんて……いや、今考えれば、その兆候は幾《いく》つもあった。

アドルファスに笑ってもらえた時、胸が高鳴るほど嬉しかった。彼に近づく女性たちを見ては複雑に胸が痛み、番《つがい》かもしれない王女が現れた時は――。

メルの頰《ほお》に涙《なみだ》が伝った。こうなって初めて、己《おのれ》がアドルファスにどれほど強い特別な感情を抱いてしまったのか気がついてしまった。

「もう……戻れないのですか？」

このまま、翼がすべて黒く変色し、やがて堕ちてしまうのを待つしかないのか。

「今なら、メル、まだ間に合います。私の手を取りなさい」

差し出された白い手を、メルはじっと見つめる。

「メル」

「でも、でも、私はっ」

「メル」

「でもっ」

突然《とつぜん》、大きな音が鳴り、礼拝堂の扉《とびら》が開いた。

やるべきこと6　王子に正体を明かすこと

泣きそうな声が聞こえて、アドルファスは礼拝堂に飛び込んだ。

「でもっ」

アドルファスは最近苛立《いらだ》っていた。それは母親が勝手に隣国《りんごく》の王女のエスコート役に指名したからだ。

親戚《しんせき》でもある彼女をむげにはできず、最低限の付き合いはしようと思っていたが、なぜか毎日菓子《かし》店に連れていかれた。

若い女だから興味があるのかと初めは気にしていなかったが、次第《しだい》にそれが前にメルと行った店ばかりだということに気がついた。当然、アドルファスは教えていないし、メルを気に入っているエルヴィンが情報を漏《も》らすとも思えない。

偶然はこれほど続かないはずで、だとすればその情報源はメルだと考えるようになった。

メルが王女と接触《せっしょく》したことも知らなかったアドルファスは、思い至った途端、妙《みょう》に腹立たしくなった。

あんなにも楽しそうに甘味巡《めぐ》りをし、アドルファスを楽しませようとしてくれていたメル。王都に詳《くわ》しくないだろうに、一生懸命《いっしょうけんめい》店を探し、アドルファスの反応に一喜一憂《いっきいちゆう》していた。

そんな思い出を、すべて上書きするように誘導《ゆうどう》しているメルの真意がわからない。

今日の昼過ぎに王女を振《ふ》り切り、ようやく教会にやってきたが、あれだけ真っすぐに自分を見てくれていたメルは、視線を合わせなかった。

その姿があまりにも痛々しく、一度は引き下がった。しかし、どうしても気になって再び教会へとやってきた。

そのアドルファスの目に映ったのは、淡《あわ》く光っている礼拝堂だった。

聞こえた声に何も考えず中に飛び込んだ時、アドルファスは祭壇《さいだん》の前にいるメルを見つけた。周りには光の玉のようなものが浮かんでいて、それはメルの手を呑《の》み込むように包んでいた。

驚《おどろ》いたのはその光景だけではない。メルの足が僅《わず》かに地を離《はな》れていたのだ。

とっさに身体が動き、メルの身体を抱《だ》きしめた。細く、軽い身体。そして。

「！」

（つ……ばさ？）

その時初めて、アドルファスはメルの背中に翼《つばさ》が生えているのに気づいた。

メルが人間ではない。

しかし、それに驚くよりも、アドルファスはこのままメルが消えてしまうかもしれないことが怖《こわ》かった。

翼も、そして手も、光に包まれながら消えかかっている。アドルファスは抱きしめる腕《うで》にさらに力を込める。

「メルッ」

抱きしめ続けていると、次第に腕の中の身体《からだ》が重くなってきた。遠駆《とおが》けの時、馬に乗せようと腕を引いたメルの身体は信じられないほど軽く、まるで羽のようだと思ったが、今は確かな存在感を感じることができた。

その時になってやっと、アドルファスはメルの顔を見ることができた。まろやかな頬に涙の痕《あと》をつけ、呆然《ぼうぜん》と空を見つめているメル。

「……メル」

何度も名前を呼ぶと、ゆっくりメルの視線がアドルファスを捉《とら》えた。視線が合い、綺麗な金の瞳《ひとみ》に驚きの色が広がる。

「ア……ド？」

その唇《くちびる》が戸惑《とまど》いながら己の名を紡《つむ》いだ時、アドルファスはまるで雷《かみなり》に打たれたかのような衝《しょう》撃《げき》に襲《おそ》われた。

（俺は……お前を……っ）

メルが連れて行かれそうになったことが恐《おそ》ろしかった。目の前からメルがいなくなってしまう恐怖《きょうふ》に、わけのわからない現象に飛び込み、自らの手でメルを引き留めた。

腕の中の身体に安堵《あんど》するとともに、その時になってようやく、アドルファスは自分がどれほどメルを欲《ほっ》しているかを自覚した。そして、人間不信の自分が、どうして驚くほど短い時間でメルを己の内側に入れたのかも。

メルを、愛している。いつの間にか愛してしまっていた。

どうしてあんなふうに全幅《ぜんぷく》の信頼《しんらい》を寄せてくれるのか、無償《むしょう》の愛情を向けてくれるのか、アドルファスはずっと不審《ふしん》に思い、信じ切ることができなかった。

しかし、メルが人間ではなかったからだと思えば、すんなりと納得《なっとく》できる。天使だから、あんなにも純粋《じゅんすい》だったのだ。

「……っ」

アドルファスはさらに強くメルを抱き込む。この唯一《ゆいいつ》の存在を引き留められたことを、心から神に感謝した。

＊　＊　＊

メルはぼんやりと窓の外を見つめた。

「……綺麗《きれい》……」

眼下には、王都の町並みがある。こんな高さで見るのは初めてだ。

（……どうしよう……）

今いるこの部屋も初めての場所だ。王都を見下ろせる場所——王城の一室にメルはいた。

あの日、役人天使に天界に連れて行かれそうになった時、突然礼拝堂に飛び込んできたアドルファスに引き留められた。

その瞬間《しゅんかん》は驚きしかなかったが、しばらくして翼を仕舞《しま》い忘れたことに気づいた。

アドルファスに見られた。人間ではないと、知られてしまった。

メルが彼の側《そば》にいた理由まではわからないだろうが、これは明らかに試験の失敗だ。メルはもうアドルファスの側にいられないと思ったが、なぜか彼はメルを王城に連れてきた。

「おはよう、メル」

毎朝、アドルファスは挨拶《あいさつ》をしに来てくれる。

その後は執務《しつむ》に行くらしいが、空いた時間は客間にいるメルのところに足を運んでくれた。

しかし、そうなると王女との時間がまったくなくなってしまう。せっかく親しくなっただろう彼女を優先してほしい。

メルはそう願ったが、アドルファスは頷《うなず》いてくれなかった。

「イェロニームが来た」

王城に連れてこられてから数日、夕食の時にアドルファスが言った。

「メルに会わせてほしいと言われたが断った」

「どうしてですか？　イェロニームに会いたかったです」

今まで、すべてイェロニームに報告してきた。様々な問題も共に考えてくれた、彼は人間界での大切な協力者だ。

そんな彼に、あの日一言も告げることなく王城に来ている。一応手紙を届けてもらったが、詳しい内容が書けるはずがないのでぜひ会いたかった。

どうしてイェロニームが来ていることを教えてくれなかったのだろう。

少しだけ非難を込めてアドルファスを見れば、彼の方も不貞腐《ふてくさ》れた表情になっていた。

（……こんな顔もするんだ）

それまで、あまり感情をむき出しにすることがなかったアドルファスの珍《めずら》しい表情に驚いていると、彼は軽く息を吐《つ》いてその表情を消す。

「教会の司教に知られると問題だろう」

「え？」

「……背中」

濁《にご》した言葉だったが、メルはすぐにそれが己《おのれ》の翼を指しているのだと気づいた。

あの日以来、翼に関して一言も何も言わなかったアドルファスだが、当然忘れたわけではなかったらしい。

どうやらアドルファスは、メルが己の正体をイェロニームに隠《かく》していると思っているようだ。天使の翼を持つ者が現れたなどと、教会の司祭が知ってしまえば当然問題になるだろう。

（……私のことを考えてくれて……）

イェロニームだけではない。あれだけ側にいたエルヴィンにはもちろん、メルの世話をしてくれる王城の人間にも、この秘密は漏《も》らしていないようだった。

メルを守ろうとしてくれるアドルファスの気持ちは嬉《うれ》しい。しかし、教会の占術師《せんじゅつし》が何の理由もなく王城に、それも王子の側にいるのはさすがに問題だと思う。

現に、メルの側にいる者は何も言わないが、たまに廊下《ろうか》ですれ違《ちが》う人間たちの目には不審の色が濃《こ》かった。

メルとしても、このままでいられるとは考えていない。

試験問題の対象者だが、人間に翼を見られてしまった。いつ強制的に天界に連れ戻《もど》されるのかわからないのだ。

「アド……アドルファス王子」

給仕《きゅうじ》がいるので言い直すと、アドルファスの眉《まゆ》が顰《ひそ》められた。

「……なんだ」

「お話があります。少しお時間いいでしょうか？」

「……教会に戻りたいと言うのなら却下《きゃっか》だ」

即座《そくざ》に言い返してくるアドルファスは、まるで幼子のようだ。これもまた、今までの彼らしくない。

「いいえ、違います」

メルは、本当のことを告げることにした。もちろん、天使の昇格《しょうかく》試験はアドルファスに関係ないことだが、自分にはアドルファスの番《つがい》がわかること、隣国《りんごく》の王女にはその可能性があることを伝えようと思った。

今のアドルファスは、突然《とつぜん》見たメルの翼に気持ちが混乱しているだけだ。敏《さと》く、冷静な彼ならば、きっと正しい選択《せんたく》をしてくれるに違いない。

心残りは、王女が本当にアドルファスの番なのか、いまだ確信が持てないということだ。

夕食後、メルはアドルファスの私室に招かれた。

メルの話の重要性を考えたのか、部屋の中には他《ほか》に誰《だれ》もいない。正真正銘《しょうしんしょうめい》二人きりの空間だ。

急に緊張《きんちょう》したメルは、部屋に入った途端足を止める。すると、先に行くアドルファスが振《ふ》り返った。

「メル」

「は、はい」

アドルファスに特別な感情を抱《いだ》いていると自覚している今、どうしても意識してしまった。しかし、何よりも優先すべきはアドルファスの幸せだ。

「……ふぅ」

深く息をつき、きゅっと口を引き結んだメルはその場で口を開いた。

「アドルファス」

視線の先のアドルファスを見つめる。

「最初に会った時、私が言ったことを覚えていますか？」

「……ああ」

「あなたには、番がいます。それは、小柄《こがら》で、濃い色をまとっている方です。……アドルファス、あなたには思い当たる方がいるんではないですか？」

アドルファスの眉間《みけん》に皺《しわ》が寄る。それでも、彼の美貌《びぼう》が損《そこ》なわれることはなかった。そんな彼が眩《まぶ》しくて、メルは少し目線を外した。

「ザカライア国第二王女、リゼット。彼女があなたの番かもしれません」

今の段階で確信はできないが、可能性はかなり高いはずだ。

「彼女と、話してください。共にいる時間を増やしてください。そして、彼女のことを知って、アドルファス、あなたのことを知ってもらってください。そうすれば……」

きっと、アドルファスの愛する番となってくれるかも……しれない。

（……伝えた……）

胸が苦しい。メルにとって、アドルファスは初めての特別な人間だ。本当なら、メル自身が彼を幸せにしたかった。でも、それができないことは、嫌《いや》というほどわかっている。もしかしたらこの一瞬《いっしゅん》後でも、天界に連れ戻されるかもしれない身だ。

（お願い、頷いて……）

アドルファスはすぐに答えてはくれなかった。息苦しいほどの沈黙《ちんもく》が部屋の中を支配し、メルは両手で胸を押さえる。

不意に、腕《うで》を引っ張られた。戸惑《とまど》う間もなくそのまま抱《だ》きしめられ、メルは驚《おどろ》きに固まってしまう。

「ア、アドルファス？」

この胸を押し返していいのか……だが、二人の身体《からだ》の間に収まっている手に力を込められない。

そんなメルの迷う気持ちに気づいているかのように、アドルファスはさらに腕に力を込めてきて、気がつくとメルは逃《に》げることができなくなっていた。

「お、怒《おこ》っているんですか？」

「……メル」

「はい？」

「メルが欲しい。メルしかいらない」

「……え？」

アドルファスは何を言っているのだろう。腕の中から逃《のが》れようと身をよじったが、ますます強く抱き込められた。

「あの、アドルファス、アド、放してください」

「逃げないと約束したらな」

「逃げないって……」

メルはアドルファスから逃げたいと思ったことはない。むしろ、人間ではないメルを忌避《きひ》し、遠ざけたいと思うのではと考えていた。

人間は神や天使を信仰《しんこう》していても、実際に人外の存在を見れば恐怖《きょうふ》し、排除《はいじょ》しようとする。天界で何回かそんな話をし、悲しいねと仲間で嘆《なげ》き合った。

アドルファスはメルの翼《つばさ》をその目で見ている。それなのに、強く抱きしめてきた。

それればかりではない。

(私を欲しいって……言った？)

アドルファスのためには、即座に拒否《きょひ》しなければならない。彼の幸せを思えば、天使の自分が側《そば》にいても何もできない。――それでも。

「……っ」

メルはアドルファスの胸に頬《ほお》を押し付けた。

（……どうしよう……）

驚きと、戸惑いと。それ以上に嬉しいという気持ちが沸《わ》きあがってしまった。

（どうしたらいいのですか……神様……）

メルが抵抗《ていこう》しないとわかったのか、アドルファスはほんの少しだけ身体を離《はな》す。

「……メル」

声にも、眼差《まなざ》しにも、溢《あふ》れんばかりの愛情を感じた。いったいいつから、アドルファスはそんなふうに見てくれていたのだろうか。

ゆっくりと、綺麗《きれい》な顔が近づいてくる。美しい色違《いろち》がいの双眼《そうがん》がメルを搦《から》めとり、

「……」

合わさるだけの口づけを受けた瞬間《しゅんかん》、目の前が真っ白になったメルは背中に痛みを感じながら意識を手放した。

次に目が覚めた時、辺りは薄暗《うすぐら》く静かだった。

今滞在《たいざい》している部屋とは違う、落ち着いた内装ながら質の高い部屋には、アドルファスの気

配がしていた。

きっと、あのまま彼の部屋に寝《ね》かされていたのだろう。

「……アドルファス？」

小さく名前を呼んでも返事はない。どうやら近くにいないようだ。

メルの翼のこともあり、アドルファスは極力周りに人を置かないようにしてくれている。気配を探《さぐ》っても誰もいなかったので、メルはベッドから起き上がると、座ったまま翼を出してみた。

気を失う前に感じた痛み。予想はしていたつもりだった。

「あぁ……」

翼は、右側の半分以上が黒い羽になっていた。

「私は……私は……」

純白の翼を侵食《しんしょく》していく黒い羽。おそらく、そう時間を置かないで右はすべて黒い羽になるだろう。残る左側は、もっと速い速度で変容するかもしれない。

人間であるアドルファスを好きになった罰《ばつ》か、それとも口づけをしてしまった戒《いまし》めか。

いくら神が黒色を厭《いと》うていなくとも、この現象は異質過ぎる。何らかの警告でもあるはずだと、メルは翼を抱《かか》え込んだまま溜《た》め息をついた。

アドルファスはこの翼の色の変化をまだ知らない。見てしまえば心配して、ますます囲い込まれてしまいそうだ。

「……ウルヤナ様……」

ふと、無意識に名前を呼んだ。

（ウルヤナ様はどうしているんだろう……）

ウルヤナが地上に堕《お》とされた本当の理由はわからない。だが、メルはどこかで確信していた。きっとウルヤナも、特別な人間ができてしまったのだと。

メルはもう一度溜め息をつき、翼を仕舞《しま》ってベッドから下りた。いつまでもアドルファスのベッドを占領《せんりょう》しているのは悪い。自分に宛《あて》がわれた部屋に戻《もど》ろう。

「……どうしよう」

王城の中は似たような扉《とびら》も多く、慣れないメルには見分けがつかない。さすがに片っ端《ぱし》から扉を開けることはできないので、通りかかる誰《だれ》かを呼び止めることにした。

しかし、日も暮れ、王族専用の部屋がある廊下《ろうか》に人通りはまったくない。

もう一度アドルファスの部屋に戻るしかないが、しかしその部屋もわからなくなっている状《じょう》況《きょう》の中、

「あ」

少し離れた部屋の扉が開いて、賑《にぎ》やかな女性の話し声がした。

「まあ、あなたは」

出てきた一人が、メルの顔を見て驚き、次にしんなりと眉《まゆ》を顰《ひそ》める。

「何者です。ここが王族専用の階だと知っているのですか」

「リゼット王女……」

思わず漏《も》らしたメルの声を聞き、王女は再び驚く。

「もしかして……『小さな占術師《せんじゅつし》』？　まあ、こんなに可愛《かわい》らしいお顔をされていたのね」

王女――リゼットが弾《はず》んだ声で言った。

そう言えばと、彼女と会った時ヴェールを被《かぶ》っていたことを思い出した。そのせいでメルの容姿がわからず、不審者《ふしん》だと思われたようだ。

「てっきり、アドルファス様に懸想《けそう》する召使《めしつか》いが忍《しの》んできたのかと思ったわ」

不審者、それも女性に間違《まちが》われてしまったらしい。そうでなくとも、今王女と顔を合わせるのは複雑な気持ちのメルは、笑うこともできなかった。

「聞いてくれる？　教えてくださったお菓子《かし》店にお連れしたのに、アドルファス様は少しも笑ってくださらないの。いつも黙《だま》っていて……まあ、あの綺麗な顔を間近で見られるのは嬉《うれ》しいけれど」

王女の話では、アドルファスはあまり甘味巡《めぐ》りを楽しんでいなかったそうだ。

自分の助言がまったく役に立っていなかったことが申し訳なく、一方でアドルファスが王女に心を寄せていなかったことに安堵《あんど》している自分がいる。

「アドルファス様のところにいらしたの？　時間があればぜひまた……」

「どうしたのです、リゼット」

王女の言葉を遮《さえぎ》り、次に姿を現したのは。

「叔母《おば》様」

「……何者ですか」

「噂《うわさ》の、『小さな占術師』ですわ」

メルの顔を射るように見つめてくるのはアドルファスの母親、この国の王妃《おうひ》だ。

彼女の視線はとても強い。まるでこの国の支配者のような気をまとっていて、メルは緊張《きんちょう》しながら慎重《しんちょう》に挨拶《あいさつ》をした。

「お初に、お目にかかります。占術師、メルです」

「女か」

「い、いえ、違います」

即座《そくざ》に否定すると、視線が僅《わず》かに弱まる。

「……よろしい。余興にちょうどいいでしょう、こちらに」

たった今出てきた部屋に二人は引き返していく。あの様子では、メルも当然ついていくしかないようだ。

「急ぎなさい」

王妃付きの召使いに急き立《せ》てられ、メルは強引《ごういん》に部屋に連れ込まれた。

アドルファスの私室の、倍近くはあるだろうか。煌《きら》びやかな調度が配置されていて、落ち着かない気分になる。

案内された広い応接間の椅子《いす》に王妃と王女は座ったが、メルは許しの言葉がないので立ったままその場に控《ひか》えた。

「叔母様、視《み》ていただいてよろしいかしら」

「リゼット、占術はしょせん架空《かくう》の未来の話です。欲しいものは己《おのれ》の手で摑《つか》み取り、己の望む未来を作るのです」

きっぱりと言い切る王妃に、王女も周りの召使いも口々に感嘆《かんたん》していた。強い女性だ。しかし、そこに愛がないように思え、メルはそっと視線を伏《ふ》せた。

王妃に心のよりどころは不要なものだ。だとすればどういう理由でこの場に呼ばれたのか。

そう思ったメルの考えをまるで読んでいたかのようだった。

「アドルファスが最近変わったのはお前の占術のせいか」

「……っ」

冷たい声で名指しされ、ハッと顔を上げると、メルを見据《みす》える王妃と視線が合った。

「目的は」

「も、目的なんて」

い。

「言い訳はいい。答えよ」

「私は、アドルファス王子の幸せを願って……」

「我が子の幸せは母であるわたくしが与《あた》える。もうよい、さっさと王城を出るように」

メルの言葉を遮り、王妃は言い切った。彼女にとってメルの言葉は聞く価値のないものらし

い。

アドルファスへの想《おも》いまで否定されたようで、メルは悲しくなってしまった。

王妃が本当にアドルファスを愛してくれているのならいい。だが、彼女は己の幸せのための一つの道具として見ているようにしか思えなかった。

「こちらに」

強引に部屋に連れ込まれたのに、まるで不審者を追い出すかのような目で召使いに背中を押される。仕舞っているはずの翼《つばさ》がチクリと傷《いた》んだ気がして唇《くちびる》を嚙《か》み締《し》めた時、慌《あわ》ただしく扉を叩《たた》く音が部屋の中に響《ひび》いた。

すぐさま召使いが動くが、王妃は泰然《たいぜん》と座ったままだ。さすがに王女は不安げな様子で、視線を忙《せわ》しなく動かしている。

「お待ちくださいっ」

「許可をいただきますのでっ」

ざわめきが大きくなると同時に、メルにとって慣れた気配が近づいてきた。そのことに、自

分でも驚《おどろ》くほど安堵してしまった。

「歓談《かんだん》中失礼します」

応接間に足を踏《ふ》み入れてきたアドルファスの視線が、真っ先にメルに向けられる。僅《わず》かに目元が撓《たわ》んだのを見て取り、それまで冷えていたメルの心が温かくなった。

「無礼ですよ、アドルファス」

王妃が咎《とが》めるように言ったが、アドルファスはそのままメルの隣《となり》に来てくれて、庇《かば》うように背に隠《かく》される。

「私の客人を勝手に呼ばないでください」

「占術師ごとき、良《い》いではありませんか」

「私にとっては占術師ごときではありませんので。失礼します」

踵《きびす》を返すと同時にメルの背に手を当て、そのまま応接間から一緒《いっしょ》に出る。意外にも王妃は止めず、無事に廊下に出た時は無意識に安堵の息をついていた。

「すまない」

アドルファスは謝罪し、少し屈《かが》んでメルの頭上に口づけを落とす。

「こんなことはもうないようにする」

気遣《きづか》ってくれるアドルファスの気持ちが嬉しかったが、消えない後ろめたさにメルはそっと胸を押さえた。

＊＊＊

愛《いと》しい。

その姿を見るだけで胸が温かくなり、白い手に触《ふ》れるだけで気持ちが高揚《こうよう》した。

アドルファスにとって、無条件に愛せる存在で、純粋《じゅんすい》な想いを寄せてくれる存在。

「アドルファス」

可愛らしい声で名前を呼ばれ、アドルファスは自然にその身体《からだ》を抱きしめた。朝と夜、こうしてメルと会えるだけで、今までは異母兄より目立つまいと必要最低限に抑《おさ》えていた政務にも、積極的に携《たずさ》わることができるようになった。

愛する者の存在とは、こうも世界を明るくするのだと、アドルファスはメルと出会って初めて知った。

「今日は何をしていた？」

「……神に祈《いの》りを」

教会でメルが連れていかれそうになってから、アドルファスは彼を王城に匿《かくま》っている。ようやく見つけた唯一《ゆいいつ》を、誰《だれ》にも奪《うば》われたくなかったからだ。

教会から少しでも離《はな》れていて、アドルファスの権威《けんい》が及《およ》ぶ場所。もちろん、王城内は様々な欲《よく》が渦巻《うずま》く場所だが、メルをあのまま教会には置いておけなかった。

　これで少しは安心できる——そう思っていた。

　アドルファスは腕《うで》の中のメルを見下ろす。用心深くその表情を見たが、メルは己の胸に顔を埋《うず》めて表情を見せなかった。

「……また甘味を食べに行くか？　エルヴィンが新しい店を探したらしい」

「……ここに、います」

　以前ならば、きっと目を輝《かがや》かせてアドルファスの手を引いて行っただろう。しかし、今のメルは心配するほどおとなしく、アドルファスの言葉に従順だった。

　側《そば》にいてくれることは嬉《うれ》しい。だが、メルを抑《おさ》えつけるつもりはなかった。

　笑顔《えがお》が消えてしまうなんて、望んでいなかった。

「メル」

「心配してくれて、ありがとうございます、アドルファス」

　アドルファスは舌を打ちそうになるのを何とか堪《こら》えた。腹立たしく思っているのはメルに対してではない。メルにこんな顔をさせている己に対してだ。

(俺は……間違《まちが》っているのか？)

　このままでは、どんどんメルが儚《はかな》い存在になってしまいそうだ。会わせたくはないが、イェロニームを呼ぼうか。

そんなことまで考える。

そうして、何度同じやりとりを繰《く》り返してきただろうか。

今日は戻《もど》るのが遅《おそ》くなった。母親とリゼット王女に捕《つか》まったからだ。

相変わらず、母親はアドルファスと王女の婚約《こんやく》を諦《あきら》めておらず、ことあるごとに二人にさせようとした。

見かねた異母兄が諫《いさ》めようとしてくれたが、母親はまったく聞く耳を持たない。

異母兄に迷惑《めいわく》をかけることはできず、アドルファスは慇懃《いんぎん》に対応しているが、それもここまで執拗《しつよう》だと疲弊《ひへい》してしまう。

メルの顔を見て癒《いや》されたい。

メルは最近眠《ねむ》っていることが多いので、起こさないよう静かに扉《とびら》を開けて部屋の中に入った。

「……しよ……」

微《かす》かな声が耳に届く。

(起きているのか？)

寝顔《ねがお》を見るだけではなく、声を聞けるのならばさらに嬉しい。

アドルファスは声が聞こえた寝室《しんしつ》に向かった。

「……っ」

少しだけ開いていた扉の隙間《すきま》から見えたのはメルの背中。いや、背中だけではない、あの美しい翼も目に飛び込んできたが、それはかつて見たものとはまったく違っていた。

(どうして……黒い……?)

記憶《きおく》にあるのは、純白の美しい翼だった。天使の象徴《しょうちょう》でもあるそれは、メルに不思議と似合っていた。

だが、今視線の先にある翼は、黒く変色している。左側の根元に近い場所はまだ白いが、翼の大部分は闇《やみ》を凝縮《ぎょうしゅく》したような漆黒《しっこく》だった。

アドルファスは黒い翼を凝視《ぎょうし》する。なぜ、いったいいつから。様々な疑問が波のように襲《おそ》ってくるが、部屋に飛び込んでメルに詰問《きつもん》することができなかった。足がその場に縫《ぬ》いつけられたように動かなかった。

(いつから……変わったんだ……)

こんなことになっているなんて、まったく気がつかなかった。痛みはあるのか、それを耐《た》えているのか。

神が纏《まと》うとされる神々《こうごう》しい白は好まれるが、鬱々《うつうつ》とした不安を掻《か》きたてる黒は時として忌《い》み嫌《きら》われ、忌避《きひ》される。

そんな色を、メルが纏っているのだ。

アドルファスでさえこんなにも衝撃《しょうげき》を受けているのに、メル本人はどれほど――。

視線の先で、メルはまだ白い羽が残っている方の翼を抱きしめた。

「このまま……私は堕落《だらく》してしまうんだろうな……」

「！」

湿《しめ》った、諦めたような声。

アドルファスは唇《くちびる》を噛《か》み締《し》める。血の味が口中に広がったが、そんなものは気にもならなかった。

（そういう……ことか）

メルがどんどん元気をなくしてしまった理由がわかった。彼はこの翼《つばさ》の変化を嘆《なげ》いていたのだ。

メルは、天使だ。それはその翼の存在だけでなく、無垢《むく》で無邪気《むじゃき》なその性質からもいやというほど信じられた。そんなメルの純白の翼の変化の理由など、己《おのれ》との関係の変化のせいだとしか思えない。

仮に、メル本人が望んでくれていたのなら。翼の色など些細《ささい》なことでしかなかった。アドルファスがメルを愛するようになったのは、メルの本質をとても好ましく思ったからだ、翼の色など関係ない。

人間でなくとも、天使だとしても、ずっと愛していけると思った。

だが、メルは翼の色の変化を嘆いている。堕落――おそらく、天使ではなくなり堕《お》ちてしまうのを望んではおらず、悲しんでいる。

側にいてほしいアドルファスと、天使でいたいであろうメル。

何を優先するかなんて、考えるまでもなかった。

「……」

アドルファスは部屋から出た。今の自分がどれほど醜《みにく》い顔をしているのか、絶対にメルに見せたくない。

（……メル……ッ）

望めるのなら、絶対にあの手を離さなかった。初めて一人に執着《しゅうちゃく》しているアドルファスの想《おも》いは綺麗《きれい》なだけではなく、男としての欲も伴《ともな》ったもので、メルを引き留められるならあの白い身体を組み敷《し》いてしまいたいとさえ思っていた。

こんな欲に塗《まみ》れた男の顔を、メルに知られたくない。

やるべきこと7　自分の気持ちに正直になること

「このまま……私は堕落してしまうんだろうな……」

日々、黒い羽に侵食《しんしょく》されていく翼。それを確かめるごとに心が弱っていくのを感じていた。

メルにとって天使であることがどれほど大切な存在理由だったか、嫌《いや》でも思い知らされる毎日だ。

しかし、それをアドルファスに知られるわけにはいかなかった。

優《やさ》しい彼は、メルの変化を己のせいだと思ってしまうだろう。良《い》い変化ならいい。だが、明らかに負に見える変化だ。

人間は黒を忌避しているのが不思議だと言っていたくせに、いざ自分の身に降りかかってしまうと不安と恐怖《きょうふ》に駆《か》られている。矛盾《むじゅん》する気持ちに、気持ちはまだ追いつけない。

また、恐《おそ》れおののく一日が始まる。せめて今日はアドルファスに笑みを向けたいができるだろうか。

「メル様」

そんなふうに始まった朝、メルの部屋を訪《おとず》れたのはアドルファスではなく、人間界での協力者、イェロニームだった。

「イェロニーム？　え……どうして？」

驚《おどろ》くメルをじっと見たイェロニームは、目を細めて微笑《ほほえ》みかけてくれた。

「痩《や》せてしまわれたんではないですか？　教会への帰り道で、あなたの好きな菓子《かし》を買って帰りましょう」

「え？　帰るって……アドルファスは？」

あれほどイェロニームに会うことを反対されていたのに、どうなっているのか。

混乱したメルはアドルファスを捜《さが》すために部屋を出ようとしたが、イェロニームに身体《からだ》で行方《ゆくえ》を塞《ふさ》がれてしまった。

「アドルファス王子は今、とても忙《いそが》しくされていますよ。メルを迎《むか》えに来るようにと、今朝早く使者を送ってこられたのです。さあ、帰りましょう」

「ア、アドルファスがそう言ったんですか？」

とても信じられなかったが、イェロニームがここにいることが答えだ。

強く抱《だ》きしめられた腕《うで》を急に離《はな》されてしまったようで、とても心細くて不安になる。そうでなくても、昨夜《ゆうべ》彼は部屋を訪れなかった。多忙《たぼう》なのだろうと寂《さび》しさを誤魔化《ごまか》したが、続けて今

「……え」

朝も会えないとは考えてもいなかった。

アドルファスの口から状況《じょうきょう》を説明してほしかったが、しばらく待っても彼は来てくれなかった。毎朝、必ず抱きしめに来てくれたのに、今日は伝言さえもない。

そのうち、メルの世話をしてくれている召使《めしつか》いがやってきた。

「アドルファスはどこですかっ？」

「王子はご婚約《こんやく》の準備をされておいでです。手が離せないので見送りはできないとおっしゃっていました」

「婚約？　え？」

その答えにメルは目を見張った。

メルが欲しいと言われた。メルしかいらないと告げられ、口づけもされた。しかし、婚約の話は今までされていなかった。唐突《とうとつ》にも思えるその話に、うまく理解が追いついてこない。

「メル様にはお心安らかに、お身体を労《いた》わってほしいとおっしゃっておりました」

「……それだけ？」

「はい」

それはまるで、婚約話とメルは関係ないと言われたも同然だ。

「さあ、メル」

イェロニームに促《うなが》され、馬車に乗ったのは覚えている。

見知った市場のざわめきをぼんやりと見つめていたメルは、広場に人だかりができているのをぼんやりと見つめた。

中央には武装した男性数人と、正装した男性がいて、彼らは何かを説明しているようだった。窓を閉めているので声は届かないが、次の瞬間沸《しゅんかんわ》き上がる歓声《かんせい》が馬車の中にも響《ひび》いてきた。

「……何？」

「……城からの通達でしょう」

「通達？」

「本来は各所の掲示板《けいじばん》に通達文が貼《は》られます。ですが、今回は役人たちが直接回って知らせているようです。よほど急な話だったようですね、アドルファス王子の婚約は」

「……っ」

メルはハッとイェロニームを見た。

「イェロニーム、その婚約というのはどういうことですか？」

「……本当にご存じないようですね」

イェロニームは溜《た》め息交じりにそう言い、しばらく腕を組んだまま目を閉じた。その口が開くのをじりじりした思いで待っていると、やがてイェロニームは静かに話し始める。

その内容に、メルは大きく目を見張った。

「え？　あなたも行くの？」

「もちろんよ！　王子妃《ひ》になれるかもしれないのよ？　あのアドルファス王子の妃《きさき》よ？　絶対に私が一番になるわっ」

「えー、私が一番よっ」

祈《いの》りを終えた若い女性たちが、口々にそう言いながら教会の門を出ていく。

その様子を窓から見つめながら、メルはそっと己《おのれ》の胸に手を置いた。話を聞いた時は驚きと悲しみで深く動揺《どうよう》し、胸が痛くて泣いてしまった。

しかし、それから時間が経《た》ち、メルはずっと考えている。冷静かと言われれば自信がないが、毎夜確かめる翼《つばさ》の色を見ても嘆《なげ》かなくなるくらいには立ち直ったつもりだった。

アドルファスの婚約話。

『次の満月の夜、合図とともに最初にアドルファス王子に口づけした者を婚約者とする。国籍《こくせき》、性別、身分などいっさい問わない』

前代未聞《ぜんだいみもん》の通達だろう。王子の婚約を、口づけ一つで決めてしまうなんて、お芝居《しばい》でも考えられない話だと思う。

（アドルファス……）

しかし、それは虚言《きよげん》でもなんでもなく、文《ふみ》には王印が捺《お》され、第一王子の印もある、正式な王族からの通達になっていた。

イェロニームは、直接アドルファスから話を聞いたらしい。

「絶対にメル様には言うなと脅《おど》されました」

笑って言う彼が伝えてくれて、本当に良かったと思う。ただ……自分にちゃんと話してほしかったと、寂しくも思ってしまったが。

王妃《おうひ》にはまったく話は通っていなかったようで、通達をされると同時に告げられたらしい。今現在も相当お怒《いか》りで、王城の中は険悪な空気のようだ。

己の薦《すす》める隣国《りんごく》の王女との縁談《えんだん》を反故《ほご》にし、くだらない理由で誰《だれ》ともわからない者と婚約をする。

我が子に王位を継《つ》がせたい王妃にとって、これは許せるはずのない暴挙だろう。

メルも、初めて話を聞いた時はそう思った。こんなことで大切な番《つがい》を決めるなんて、メルが今まで告げたことを聞いていなかったのかと悲しくもなった。

だが、懐《なつ》かしい神気を帯びた教会に戻《もど》って、占術《せんじゅつ》を休んでゆっくり考えて、考えて考えて——見えてきたアドルファスの優しさに涙《なみだ》が溢《あふ》れた。

隠《かく》しているつもりだったが、毎日顔を合わせていたアドルファスは、メルの抱《かか》える不安と恐怖に気がついていたのだろう。思い返せば、毎夜メルを抱きしめる彼の手には、縋《すが》るような強さがあった。

（あのまま……閉じ込めていてくれたらよかったのに……）

メルの気持ちと、アドルファスの想《おも》い。

優《やさ》しい彼がどちらを優先するかなど、考えなくてもわかった。その気持ちが悲しくて、嬉《うれ》しい。

『一番欲しいものが手に入らないのなら、後はどうでもいい』

アドルファスはそう言ったらしい。彼の最愛の番を探すために側《そば》に来たというのに、その彼に一番させてはいけない選択《せんたく》をさせてしまった。

教会に戻った日から、次の満月までは二十日間あった。

毎日毎日、アドルファスのことを考えた。その間に、僅《わず》かに残った白い羽はすべて変色し、メルの翼は完全に黒くなっていた。

不思議とそれを冷静に受け止めることができたのは、きっとメルがアドルファスのことばかり考えていたからだ。

「王都の者だけでなく、近隣《きんりん》の町や村、来国に間に合う諸外国の者も、今回の祭りに参加するようですよ」

「祭り、ですか？」

「民《たみ》はそう理解しているようです」

アドルファスの一生を決める婚約が、祭りと同等に思われているのは複雑だ。しかし、メルはおかしくなって笑ってしまった。このことをアドルファスに教えてあげたい。

「……ああ、お笑いになった」

「え？」

「王城から戻られて以来、ずっと沈《しず》んだお顔をされていました。メル様に暗い顔はお似合いにならない。そうして笑っていただきたいと、教会の者皆《みな》思っていましたよ」

「イェロニーム」

優しい気持ちで想われている。人間界でも一人ではないのだと、温かな想いがメルの心を包んでくれる。

「……ありがとうございます、イェロニーム。あなたに会えて、私は本当に幸運でした」

「もったいないお言葉です」

メルは両手を組み、目を閉じた。

（神様……）

これまで出会った人間たちは、メルにとって優しく、生命力のある者たちばかりだった。周りに恵《めぐ》まれたのは、神がメルを想ってくれていたからだ。

中には、王妃のような人間も、欲《よく》に塗《まみ》れた者もいたが、人間は綺麗《きれい》なだけじゃないということを教えてくれた。

昇格《しょうかく》試験を受けなければ、見ることができなかった様々な人間たち。きっと、すべてメルのこの先の生に必要な経験だった。

「……よし」

メルは顔を上げ、じっとこちらを見ているイェロニームに笑いかけた。きっとそれは人間界に降りてきた当初、見るものすべてが新鮮《しんせん》で楽しくて、ずっと笑っていたあの時の笑み《え》と同じはずだ。

「私、決めました」

「メル様」

「大切なものは最初から決まっていたんです。ふふ、それを受け止めるのに時間がかかってしまいました」

今回のことは天使見習いのメルにとってとても難問で、本当に大切なことがなかなか見えなかった。しかし、もう大丈夫《だいじょうぶ》だ。

メルは窓の外を見つめる。今日も良《い》い天気だ。

「明日ですね」

「ええ、明日です」

「……お祭り、楽しむことにします」

イェロニームが教えてくれた噂話《うわさばなし》に喩《たと》えて言うと、彼も珍《めず》しく声を出して笑っていた。

メル以外なら誰でも同じだ。他人からどう思われようと、メルを諦《あきら》めるために、彼に罪悪感を抱《いだ》かせないためには、飾《かざ》りでも己の伴侶《はんりょ》が必要だった。

一番簡単なのは、母親が薦《すす》めるリゼット王女を娶《めと》ることだ。身分も釣《つ》り合い、何より母親の横やりが入らない相手だ。

だが、アドルファスはそれだけはどうしても受け入れられなかった。王女を娶れば、それこそ次期王位継承権《けいしょうけん》を巡《めぐ》って醜《みにく》い争いが起きてしまうのは明白だった。あの優しい異母兄のために、それだけは避《さ》けなければならない。

今回のことは、唯我独尊《ゆいがどくそん》の母親を窘《たしな》める最良の機会だ。

元王女、現王妃という立場に誇《ほこ》りを持っている母親の矜持《きょうじ》を折るために、身分は関係ないと明記した。さすがにそれを進言した時、父はもの言いたげだったが、アドルファスの強い意志を撤回《てっかい》することはできないと諦めてくれた。

異母兄も、側妃のエレノーラ様も心配してくれたが、結婚《けっこん》に期待していないからと言うと、次の言葉は出てこなかった。

「まったく、何を考えてるんですか」

たった一人、エルヴィンだけは直接的な言葉で非難してきたが、アドルファスがメルを手放したことで何かを悟《さと》ってはくれたようだ。

なんだかんだと様々な手続きをし、王妃の圧力もかわしてくれている。

しかし、あの母親は一筋縄《ひとすじなわ》ではいかないらしい。いまだ暗躍《あんやく》していて、王城に滞在《たいざい》している諸外国の来賓《らいひん》や国内の有力貴族に対して動きを見せている。エルヴィンには、睡眠薬《すいみんやく》や媚薬《びやく》に気をつけろとさんざん警告されたが、いっそ薬の影響《えいきょう》で相手を決めてもいいと後ろ向きな考えに囚《とら》われた。

アドルファスにとって、周りの人間はことごとく同じだ。

自分か、それ以外か。今では、メルか、それ以外に変わっただけだ。

メルを帰してから、アドルファスの日常は灰色だ。笑うことも、反対に苦しむこともない、坦々《たんたん》とした日々。むしろこれは、メルと出会う前の自分に戻っただけだ。

「……時間か」

今夜は満月。

様々な思惑《おもわく》で、いったいどれほどの愚《おろ》かな人間がアドルファスを手に入れようとしてくるのか。

自分のことだが、まったく興味はなく、アドルファスはエルヴィンが手配した荷馬車に乗り込む。王子の自分が、荷物に紛《まぎ》れて王城を出るのだ。

行先はエルヴィンしか知らず、アドルファスは目を閉じて振動《しんどう》に身を委《ゆだ》ねる。このまま国外に出ても面白《おもしろ》いと、口元に歪《ゆが》んだ笑みが浮《う》かんだ。

どのくらい時間が経《た》っただろうか。

「アド様」

外から声を掛《か》けられた。どうやら目的地に着いたらしい。

王都の広場か、それともただ市街を一周しただけで王城内にいるのか。

「顔を見られないよう、布をかけさせていただきます」

「ああ」

アドルファスにとってはどうでもいいことなので、その言葉にも疑問なく従った。

手を引かれ、誘導《ゆうどう》されるアドルファスの耳に、重い扉《とびら》が開かれる音がする。

（……広いな）

音の響《ひび》きだけでなく、身体《からだ》に触《ふ》れる空気の感覚でそれがわかった。

「……こちらにお座りください」

感触《かんしょく》は……木だろうか。

「僕はこれで失礼します。……どうか、あなたに素晴《すば》らしい出会いがありますように」

「……感謝する」

アドルファスを気遣《きづか》った言葉に、少しだけ後ろめたい思いになった。

投げやりな今回の計画にも、エルヴィン始め多くの者の協力がある。その思いに何も応《こた》えられないのが申し訳なかった。

「……」

やがて扉が閉まる音がする。このままここにいればいいのだろうか。

被《かぶ》っている布を脱《ぬ》ぐこともせず、アドルファスは椅子《いす》の背に身体をもたれかけた。

朝から、王城内でも熱い欲《よく》を孕《はら》んだ視線に晒《さら》されていた。登城している貴族たちだけでなく、召使《めしつか》いや出入りの商人までだ。覚悟《かくご》していたつもりだし、これまでも見られることに慣れていたはずだった。だが、今回は王子妃《ひ》の座が懸《か》かっているせいか、身の危険を感じるほどに熱量が高い。

「……始まったな」

合図の空砲《くうほう》が響いた。王都の数か所で同時に鳴らされたそれは、隅々《すみずみ》の者にまで聞こえるだろう。

アドルファスは溜《た》め息をつく。今始まったばかりだというのに、早く終わってほしい。

自分が決めたことだが、もうどうでもいいと投げやりになるほど疲れていた。

「……っ」

ふと、扉が開く音がした。まさかエルヴィンが用意した場所に早々に人が来ると思わなかった。諦めていたはずなのに、アドルファスは無意識に息を殺してしまう。

（……誰《だれ》だ？）

来たのは貴族か、それとも平民か。

アドルファスの脳裏《のうり》にメルの顔が浮《う》かぶ。だが、それを振《ふ》り切るように被されていた布を剝《は》ぎ取り立ち上がった。次の瞬間《しゅんかん》には、名ばかりの婚約《こんやく》者が決まるはずだった。

最初に目に入ったのは、整然と並んだ木の長椅子。

左右に並ぶ窓からは、満月の光がぼんやりと差し込んでいる。

「……ここは……」

長いアプローチの先、大きな両扉の前に、会いたくて会いたくて、でも会わないと誓《ちか》った愛《いと》しい人が立っていた。

「メ……ル？」

少しほっそりとしてしまった身体は痛々しく、アドルファスは唇《くちびる》を嚙《か》み締《し》める。側《そば》に駆《か》け寄り、抱《だ》きしめたい衝動《しょうどう》を、視線を逸《そ》らし、こぶしを握《にぎ》り締めることで耐《た》えた。

（教会……か）

どんな思惑《おもわく》でここを隠《かく》れ場所に選んだのか。メルを気に入っていたエルヴィンの思惑が嫌《いや》というほどわかった。おそらく、エルヴィンはメルとの関係を修復するようにと言いたかったのだろう。

しかし、メルを手放す覚悟をした自分は、どんな言い訳もできるはずがなかった。

「アドルファス、私を、見てください」

愛らしいのに、力強い声。自分の名前を呼ぶその声に、アドルファスは逆らえない。

どんな顔をしていいのか、情けなくそんなことを思いながらゆっくりと顔を上げたアドルファスは、

「そ……れは……」

はっきりと目に映ったメルの姿に、息をのんでしまった。

先ほどと変わらない場所に立っていたメルの背中には、大きな翼《つばさ》が広がっていた。あの夜、垣間《かいま》見《み》た時のように黒く変色したそれは、今では羽一つも白いところはない。あれからすべて黒く染まったのか。

「メ……ル、すまない、それは、俺が……」

「私、聞いていません」

一歩、メルが近づいた。

「アドルファスが私をどう思っているのか、ちゃんと言葉で伝えてもらっていません」

もう一歩、距離《きょり》が縮まる。

メルにはちゃんと伝えたはずだ。メルが欲しい、メルしかいらないと。その言葉をなかったことにされるのだろうか。

――いや、違《ちが》う。メルが言うように、確かに自分はきちんとした言葉を贈《おく》っていなかった。

己の中の臆病《おくびょう》な心が、拒絶《きょぜつ》されることを恐れて、意図的にその言葉を封印《ふういん》していた。

いまさらと思う。だが、もしも。

「……愛している」

初めて贈る愛の言葉だ。

「俺は、メル、お前を愛している」

「……っ」

その瞬間、目の前のメルが泣きそうな顔で笑い、そのまま駆け寄ってきてアドルファスの首に両手を回してきた。ぐっと引き寄せられ、同じ目線になると、輝《かがや》く金の瞳《ひとみ》に涙《なみだ》が溢《あふ》れているのが見えた。

そして――勢いよく、唇を押し当てられた。

甘やかさなんて微塵《みじん》もない、必死さが込められた甘い口づけ。顔を離《はな》したメルの頰《ほお》には、幾《いく》筋《すじ》もの涙が伝っていた。

「私が、一番ですよね」

一瞬、何のことかわからなかったが、じわじわと今の状況《じょうきょう》を理解できたアドルファスは強くメルを抱きしめる。

「ああ、お前が一番だ」

「ふふ、やったー」

メルは泣きながら笑うという器用な真似《まね》をするが、きっと自分も同じように泣いて笑っているだろう。

諦《あきら》めた唯一《ゆいいつ》の存在が、自らアドルファスの腕《うで》の中に飛び込んできてくれた。こんなにも神に感謝をしたのは初めてのことかもしれなかった。

＊＊＊

メルは涙が止まらなかった。間に合ったことが、本当に嬉《うれ》しかった。

天界に戻《もど》ることと、アドルファスを幸せにすること。

悩《なや》んで悩んで、どちらも選べないと身を引き裂《さ》かれるような苦しみを感じていたのに、己《おのれ》の心を静かに見つめれば答えなど簡単なものだった。

メルはもうずっと、アドルファスの幸せを考えていた。誰かに幸せにしてもらうのではなく、自分が彼を幸せにしたいと望んだのだ。

口づけをした後、もう一度アドルファスを見上げる。綺麗《きれい》な色違《いろちが》いの双眼《そうがん》には、滴《したた》るような愛情と、色濃《いろこ》い欲が見えた。

恥《は》ずかしくなったメルは顔を伏《ふ》せようとしたがアドルファスは許してくれず、今度は彼から口づけが落ちる。ただ重ねただけのメルからのそれとは違い、アドルファスの口づけはメルがまったく知らない濃厚《のうこう》なものだった。

「……んっ、ふぅ……ぁあん」

合わせていたはずの唇は舌に割って入られ、口中内を隅々まで……唾液《だえき》まで搦《から》めとられる口づけ。人間はこんなにも恥ずかしくて、身体《からだ》が熱くなる行為《こうい》をしているのだろうか。

だんだんと身体から力が抜《ぬ》け、アドルファスにしがみつく手に力が入る。息ができなくて、苦しくなってドンドンと背中を叩《たた》けば、ようやく唇が離れていった。

「く……る、しっ、ですっ」

「すまない、どうしても我慢《がまん》ができなかった」

さらりと言い、嬉し気に目元を撓《たわ》ませているアドルファスは、先ほどまで泣きそうになっていた顔とはまるで違う。

「は、恥ずかしいことを言わないでください」

「ちゃんと言葉で伝えてほしいと、メルにさっき言われたからな」

そういう意味ではないのにと思うものの、たぶんに照れ隠しも含《ふく》んでいるので文句を言うこともできない。

その時――――。

「あ……」

メルはアドルファスの胸を押して少し離れた。

「メルッ」

急に雰囲気《ふんいき》が変わったことに気づいたのだろう、アドルファスは必死の形相でメルの身体を抱き込もうとする。その腕を、メルは軽く叩いた。

「大丈夫《だいじょうぶ》です。話をするだけですから」

礼拝堂の中が次第《しだい》に明るくなっていく。それは自然光でなく、人工的なものでもない、温かで柔《やわ》らかな光だった。

初めてこれを見た時は、何がどうなったのかわからないまま驚《おどろ》いてしまったが、これはもう恐《おそ》ろしいものではないとわかっている。

落ち着いているメルとは違い、アドルファスは未知なるものの前に驚き、メルを強く抱き込んで離さない。しかたなくその体勢のまま、メルは次第に人形《ひとがた》に変化していく光に向き合った。

「……メル」

「！」

やがて、懐《なつ》かしい声がメルの名を呼んだ。

「はい」

「メルッ」

アドルファスがますます強く抱き込んでくる。メルは安心させるように名を呼んだ。

「大丈夫です、アドルファス」

メルには役人天使の姿に見えているが、アドルファスにはおそらく光としか見えていないはずだ。前回、メルが光に呑《の》み込まれそうになっているのを見たからこそ警戒《けいかい》しているとは知らず、メルはもう一度安心させるように言った。

「アドルファス、話をするだけです」

「……このままで話せ」

少しだけ、アドルファスは体勢を変えてくれたが、抱く力はまったく緩《ゆる》まない。

役人天使を前に失礼だとは思うが、アドルファスを安心させるためにも、メルはそのままでいることを受け入れた。

「その選択《せんたく》に後悔《こうかい》はしませんか」

役人天使が問いかけてくる。何を説明しなくても、きっとすべて見ていたのだろう。

何より、メルの心の内は、この黒い翼に表れているのだから。

「……はい」

既《すで》に決めていたとはいえ、はっきり口にするのは緊張《きんちょう》した。だが、口にしたことでかえって覚悟《かくご》が決まる。

「本当に？　二度と天界に戻ることはできませんよ。神に仕えることもできなくなります」

「……」

「メル」

これが、最後通牒《つうちょう》だ。メルはアドルファスの服を摑《つか》む手に力を込めた。

この手を離さないと、目の前の人間を自分の手で幸せにしたいと望んだのだ。すべてを捨てる覚悟はできた。

「……この選択以外、私には考えられません」

「……」

「ありがとうございます、私を地上に遣《つか》わしてくれて。アドルファスに会わせてくれたこと、神様に感謝します」

はっきり告げた瞬間《しゅんかん》、メルの身体は光に包まれた。

「あぁっ……い、たい……っ」

「メル！」

身体中がバラバラにされるような激しい痛みがメルを襲《おそ》った。立っていることができず、足からは完全に力が抜けた。アドルファスが抱《だ》きしめてくれていたはずなのに、いつの間にかその場に蹲《うずくま》って痛みに耐《た》える自分がいた。

きっと、これは身体が作り替《か》えられているのだ。もう天界の者ではないと告げられているようで、メルの目からは涙がとめどなく溢れた。

（ありがとうございます……神様……みんな……っ）

もう二度と会えない天界の仲間と、メルを慈《いつく》しんでくれた神を思い、制御《せいぎょ》できない想《おも》いが次々と溢れてくる。

そして。

「ああっ！」

身を引き裂かれるような鋭《するど》い痛みと共に、視界の端《はし》に黒い羽が舞《ま》うのが見えた。

一枚一枚、まるで花がその生を終えて散るかのように、黒く変色したメルの翼《つばさ》も羽が剝《は》がれて舞っていた。

永遠に続くかと思われた苦痛が次第に収まってくる。それと同時に、メルは己の身体がひどく重く感じた。

（あぁ……私は……）

胸の中に広がっていく欲《よく》。アドルファスを独占《どくせん》したい欲。

今まではなかった醜《みにく》く、愚《おろ》かで、生きた欲。

（……人間に……なった……っ）

涙《なみだ》が止まらない。アドルファスを選んだ時点で、天使見習いの資格がなくなることは覚悟していたのに、今までの自分がすべてなくなってしまうことがたまらなく悲しかった。

美しく、優《やさ》しい天界に、もう二度と戻れない。この悲しみが堕《お》ちた罰《ばつ》なのかと、メルは泣き続ける。

「メルッ」

強く抱きしめられた。この人間界で、メルが唯一頼《たよ》り、欲しいと思った人。

メルも必死にその身体にしがみつく。もう、目の前の存在しか見えなかった。

《私の愛《いと》しい子たち……》

「！　神様っ」

「今の声……は」

神の最後の声は、人間たちを表す時によく言っていた言葉だ。自分が完全に人間になったことを知り、メルはそっと目を閉じた。

やるべきこと8　人間の欲に素直《すなお》になること

泣いて泣いて、メルは腫《は》れぼったくなった目を擦《こす》ろうと指を動かしたが、

「痛む」

アドルファスが布で優しく押さえてくれた。それを受け入れながら、ようやく興奮状態が収まってきた。

改めて顔を上げて周りを見たが、剝がれ落ちたはずの黒い羽は一枚も見当たらない。

背中の翼を出そうと意識を込めたが、まったく何の変化もなかった。やはり、翼は剝がれ、もがれてしまったらしい。

「大丈夫か？」

「ありがとう、ございます」

顔を上げたメルは、驚いた表情のアドルファスに首を傾《かし》げた。天界の者が人間に堕ちるさまを見て恐れたのかと思ったが、伸《の》びてきた彼の手はメルの髪《かみ》に触《ふ》れた。

「……え？」

ちらりと見えたのは、黒。

「ア、アドルファス、私の髪……」

「黒髪になっている」

「え」

メルは慌《あわ》てて自身の髪に触れてみる。長さは元のままのようだが、見える髪は確かに黒のように思えた。

「瞳《ひとみ》も、だ」

「えぇっ？」

髪も瞳も、黒に変わった自分。身体《からだ》が作り替えられても、髪や瞳の色まで変わるなどと思ってもみなかった。王都でも見なかった色だ、なんだか悪目立ちしそうな気がする。

困惑《こんわく》するだけのメルだが、アドルファスはなぜか破顔した。今まで見たことがない、本当に嬉《うれ》しそうな顔だ。

「俺の番《つがい》はお前だったんだな」

「は？　番って……」

「小柄《こがら》で、濃《こ》い色をまとっている者とお前が言ったんじゃないか。その条件に今のお前は当てはまっている。メル、お前が俺の運命の相手だ……そうか、なかなか見つからなかったはずだ」

(私が、アドルファスの番?)

初めてアドルファスを視《み》た時、頭に浮《う》かんだ小柄な黒髪の人物。メルは相手の顔まではわからなかったが、今アドルファスに言われてゆっくりその時の記憶《きおく》が蘇《よみがえ》った。

記憶の中で、その黒髪の人物はこちらを向いた。まだ幼げな容貌《ようぼう》の、メルにとって嫌《いや》というほど見慣れた顔がそこにあった。

「わ……たし……が」

「お前が俺の手を取ってくれて……良かった」

くぐもった声と共に、アドルファスに再び抱きしめられる。

どうやって探していいのかもわからなかった人物が、こんなにも身近な場所にいたのだと、密着する彼の身体が歓喜《かんき》に震《ふる》えているのが伝わってきた。

(あの時、私はこの未来を視たのか……)

あの時のメルは、自分が天界から堕ちるなんて考えてもいなかった。その思い込みがあったせいで、本当は視えていた自分の顔が認識できなかったのかもしれない。

思えばあの時、アドルファスと出会う直前、耳元で鈴《すず》が鳴ったような気がしたではないか。あれが神が言っていた「わかる」ということだったのだ。

不思議な巡《めぐ》りあわせだ。しかし、自分の選択《せんたく》が間違《まち》いではなかったのだと確信できて、メルはとても嬉しくなった。

「……寒い？」

ふるりと身体が震える。

脆弱《ぜいじゃく》な人間になったせいか、気温の変化に敏感《びんかん》になったような気がする。

「ああ、ここは冷えるな」

いつもの調子に戻《もど》ったアドルファスが立ち上がり、そのままメルの身体を抱《だ》き上げた。

「ア、アドルファス？」

「そういえば、俺がここにいると誰《だれ》に聞いた？」

「えっと、イェロニームに。エルから知らせがあったって……」

今回の、前代未聞《ぜんだいみもん》の王子争奪戦《そうだつ》。天界よりもアドルファスを取ることを選んだメルはイェロニームに相談し、彼がアドルファスの側近であるエルヴィンに連絡《れんらく》を取ってくれた。

もともと、今回のアドルファスの暴走を止める気だったらしいエルヴィンが、開始前の彼をここに連れてきてくれたのだ。

「まったく……あの二人の思惑《おもわく》通りというのは腹立たしいが、メルをこの手にできたことでとりあえず不問に付す」

不機嫌《ふきげん》そうに言っているが、アドルファスは楽し気だ。

「二人には感謝しましょう？」

「……」

「アドルファス」

「行くぞ」

どうやら、素直《すなお》に感謝はしたくないようだ。意外に子供っぽいアドルファスの様子に思わず笑っていると、見下ろす彼に口づけられた。

「……っ、な、なんですかっ」

重ねるだけの口づけだが、慣れないメルはいちいち動揺《どうよう》してしまうのだ。

「可愛《かわい》い顔で笑っているのが悪い」

「えっ」

メルの抗議《こうぎ》の声にも笑い、アドルファスはそのまま扉《とびら》の前まで歩く。そして、

「おい」

一言告げると、扉は外から開かれた。そこにいたのはイェロニームとエルヴィンの二人。その顔は対照的だったが。

「おめでとうございます、アド」

「大丈夫《だいじょうぶ》ですか、メル様」

エルヴィンは面白《おもしろ》そうに、イェロニームは心配そうに。メルは心配をかけたイェロニームに声を掛《か》けようとして……迷った。

（どこまで覚えてるんだろう……）

天使昇格《しょうかく》試験の、人間界での協力者。試験が終われば共にいた記憶は消えると役人天使は言っていた。

ただ、今回メルは昇格試験は失敗して、そのまま人間界に堕《お》ちてきた。人間になったメルに対し、イェロニームがどんな理解をしているのかまだわからない。

「……イェロニーム？」

不安げにその名を呼ぶと、彼はいつもの笑《え》みを向けてくれた。

「王子を手に入れることができましたか？」

「……え、ええ、あなたとエルのおかげです」

「それは良かった。私はあなたの協力者ですから。この先もなんなりとお命じください」

「！」

協力者。その特別な言葉をわざわざ口にしてくれたのは、きっとメルに教えてくれるつもりだったからだ。

もしかしたら、天界の者が人間界に堕ちてしまった場合、協力者は記憶を残したまま、その先も力を貸してくれる存在になるのかもしれない。

それはメルの願望だが、今までに堕ちた天界の者たちに……あの優《やさ》しいウルヤナの側《そば》に、こうして思ってくれる協力者がいることを願った。

「で、どうされますか？」

「結果発表は明日で十分だ。俺たちはこのまま王城に戻る」

アドルファスはメルを見下ろす。

「あー、まあ、わからないでもないですよ？　ようやく手に入れたんですからね、すぐに押し倒《たお》したいのはわかりますが、メルはまだその覚悟《かくご》をしていないでしょうし……」

「そうです、メル様はいったん教会の部屋に帰るべきですね」

三人の視線が一斉《いっせい》にメルに向けられた。誰の意見を選ぶのか、無言でせかされているようだ。

エルヴィンもイェロニームもメルを気遣《きづか》ってくれているが、せっかく再会したアドルファスと離《はな》れたくなかった。

「王城に行きます」

そう言うと、アドルファスの手に力がこもった。

「イェロニーム、明日戻ってきますから。心配しないでください」

「メル様……」

「いや、戻れるかな」

エルヴィンの言葉に首を傾《かし》げたが、結局メルはアドルファスと共に王城に向かうことになった。

もちろん、まだアドルファス捜《さが》しが王都のそこかしこで行われているので、極秘《ごくひ》行動になる。

メルは用意されていた荷馬車に乗り込み、アドルファスに抱き込むようにされて身を伏《ふ》せた。

「面白いですね」

見つかることは厳禁なのに、なんだかワクワクする。

「静かにな」

苦笑《くしょう》され、額にキスをされて、メルは顔を赤くして黙《だま》った。


有能なアドルファスの側近は、言葉通り誰にも見つからず二人を彼の私室に送り届けてくれた。

「王城内は人数が多かったですからね。捜しつくされて今は手薄《てうす》になっているんでしょう」

まさか本人の部屋にいるとは思われないだろうが、鍵《かぎ》は忘れずに掛けるようにと言われた。

「明朝伺《うかが》いますが……」

「昼にしてくれ」

「……はいはい。いいですか、アド、くれぐれも無茶《むちゃ》をしないように。メルの意思を尊重してくださいよ」

「わかっている」

まだ何か言いたげなエルヴィンを廊下《ろうか》に追い出したアドルファスは、言われた通りしっかり鍵を掛けている。

メルは久しぶりに来た部屋の中を見渡《みわた》した。

(なんだか、落ち着く)

アドルファスの部屋のことをそう思うのはおかしいが、彼の気配が濃厚《のうこう》なこの部屋はメルにとってとても居心地《いごこち》がいい。

「メル」

名前を呼ばれて駆《か》け寄ると、そのまま腰《こし》を抱かれた。

「湯を浴びるか?」

「いいんですか?」

入浴が好きなメルは即座《そくざ》に頷《うなず》くが、アドルファスは不思議そうな顔をして覗《のぞ》き込んでくる。

「……俺と一緒《いっしょ》にだ」

もう決めているようだが、なんだかメルの反応を窺《うかが》っているかのようだ。

「嬉《うれ》しいです。教会ではいつも一人だったから、誰かと入るの楽しみです」

湯につかりながら、会えなかった時間の話をたくさんしたい。想像するだけで楽しくなったメルに対し、アドルファスはなぜか眉間《みけん》に皺《しわ》を寄せた。

「……メル」

「はい?」

「……俺たちの関係は？」

唐突《とうとつ》な質問に、メルは一瞬《いっしゅん》目を瞬《またた》いた。しかし、すぐにその意味を理解して、気恥《きは》ずかしくなった。

「つ、番《つがい》です」

「それはわかってくれていたのか、よかった」

「アドルファス？」

何が言いたいのだろうか。首を傾げるメルに、アドルファスは触《ふ》れるだけの口づけをしてくる。

「番とは伴侶《はんりょ》のことだろう。お前が俺のもので、俺がお前のものだということだ」

もちろん、わかっているつもりだ。愛し、愛される番は、一生一緒にいられる。

改めてそう言われると恥ずかしくてたまらない。なんだか、人間になったせいか羞恥心《しゅうちしん》がかなり強くなった気がした。

赤くなってしまった顔を伏せるメルだが、アドルファスは今度は手を取り、指先に口づける。そのまま指先を舐《な》められてしまい、メルは反射的に手を引いてしまった。

「い、今っ」

舐められた指先を握《にぎ》り締《し》める。

「嫌《いや》か？」

「い、嫌とか、どうしてこんなことっ」

「お前が欲しいからだ」

動揺《どうよう》するメルとは反対に、アドルファスは真剣《しんけん》な表情で言葉を綴《つづ》る。

「想《おも》いが通うだけでは物足りない。メルのすべてが欲しいし、俺のすべてを知ってほしい。……ああ、こんな言い方じゃ伝わらないか？　メル、俺はお前と身体《からだ》を重ねたいんだ」

「……っ」

（身体を重ねるって……え、私とアドルファスが？）

そこまで言われ、さすがにメルもアドルファスが何を望んでいるのかわかった。

天界では親愛の口づけをすることはあっても、身体を重ねる行為《こうい》……いわゆる性行為をすることはない。そもそも、性欲《せいよく》というものがないのだ。

メルも、もちろんそんな欲はなかった。アドルファスを特別に想うようになっても、彼を幸せにしたいと思いこそすれ、そこに肉欲はなかった。

しかし、人間になって……いや、今この瞬間、アドルファスの熱を真正面から感じて、欲を向けられ、同じように欲しいと気づいてしまった。

（……あ……でも）

メルは一歩後ずさる。目の前のアドルファスの眉間に再び皺ができた。

「あの、アドルファス」

「嫌なのか？　そういう行為はしたくないと？」

「ち、違《ちが》うんです、私、その……男性体なんです」

地上に降りる時に選んだ性別だったが、人間になってもそれは変わらなかった。通常、性行為は男性体と女性体が行い、その結果子が生まれるのではなかったか。

「私は女性でないので、あの、アドルファスを受け入れることができないし……子を生《な》すこともできません……」

人間にとって子孫を残すことは大切な問題だ。そのことを初めにきちんと言わなかったことを申し訳なく思い、メルはまた一歩後ずさった。

しかし、その少しだけ開いた距離《きょり》は、アドルファスのたった一歩で縮まってしまう。そして、そのまま軽々と抱《だ》き上げられた。

「アドルファス？」

「子を作るつもりはない。もともと、生涯《しょうがい》一人でいるつもりだったしな」

「そんな……そんな寂《さび》しいこと言わないでください」

大国の王子であるアドルファスが、そんな風に思っているなど誰《だれ》が想像するだろうか。以前の彼はそう考えたかもしれない、でも、今はメルが側《そば》にいるのだ。

「メルが側にいてくれるんだろう？」

同じ考えに、少し笑ってしまった。そう思ってくれているのが嬉しい。

「身体を重ねるのは、子を生すためだけじゃない、愛情を確認する行為でもあるんだ。それに、メル、お前はまだ知らないだろうが、男同士でもそういう行為ができる」

「え……そうなんですか？」

身体の構造がまったく同じもの同士だというのに、本当に重なることができるのか。

想像もしていなかった答えにただ驚《おどろ》いていると、アドルファスがさらに言葉を重ねる。

「だが、メルには頑張《がんば》ってもらわなくてはできない。……メル」

「が、頑張ります」

考えるまでもなかった。メルはアドルファスが好きなのだ。彼が望むのなら……いや、自分が望んで、アドルファスともっともっとくっつきたいと思う。

そのために頑張るのは容易《たやす》いことだ。

「……ありがとう」

アドルファスも緊張《きんちょう》していたのか、安堵《あんど》した様子を見せてくれたが。

「じゃあ、まずは風呂《ふろ》だな」

「え」

（ま、まだ心の準備がまだ……っ）

とっさに抵抗《ていこう》しようとしたものの、アドルファスはそのまま部屋の奥の風呂場に向かった。

王子である彼の部屋には風呂があるのだ。

「ほら、バンザイ」

「バ、バンザイ？」

言葉につられて両手を上げると、簡単に上着を脱《ぬ》がされる。

「次はズボンだな」

「え、え？」

「……細い腰だな。もっと食わせないと」

ぶつぶつ言いながらも彼の手は止まらず、腰の紐《ひも》はあっさり解《ほど》かれてズボンは下に落ちてしまった。そうなると残りは下着だけだ。

「ま、待ってください、最後は、あの、自分でできますからっ」

さすがに下着を脱がされるのは躊躇《ためら》いがあり、メルは脱衣所《だつい》の隅《すみ》で、もそもそと脱ぐ。何も身に纏《まと》わないというのがこれほど心もとないことだと初めて知った。

せめて何かないか目線で探していると、その視界に今まさに服を脱ぎ捨てたアドルファスが映った。

「……綺麗《きれい》……」

無意識のうちに言葉が漏《も》れていた。

初めて見るアドルファスの裸身《らしん》は、整った容姿の者が多い天界で育ってきたメルの目にも、とても美しかった。細身ながら綺麗な筋肉がついているし、高い身長に合わせた長い手足がとても均整が取れていた。完璧《かんぺき》な容貌《ようぼう》、その言葉しかない。

それに対し、メルは人間になっても小柄《こがら》なままだ。身長はアドルファスの胸ほどしかないし、全体的に細くてひょろひょろだ。

できればもっと男らしい姿になりたかったとアドルファスの身体を見つめたが、ふと視線が彼の下肢《かし》に下りた時、その凶悪《きょうあく》なまでの形状《けいじょう》にぎこちなく視線を逸《そ》らしてしまった。

（あ、あれって、性器？）

涼《すず》やかで、完璧な容貌を誇《ほこ》るアドルファスの、性を担《にな》うそこは太く長く、もしかしたらメルの腕《うで》ほどの大きさがあるように見える。色白の肌《はだ》とは対照的に濃《こ》い赤色で、形もメルのものとはまるで違っていた。

それは支えがいらないほど勃《た》ち上がっていて、濡《ぬ》れて、光っていた。あれは何なのだろう。メルは恐《おそ》る恐る自身の下肢を見下ろしてみる。肌の色とほとんど変わらないそれは下を向いていて、形もつるんとした小さな棒のようだ。

同じ男性体だと思っていたが、身体つきはもちろん、性器もまるで違う。

「……っ」

意識した途端《とたん》、心臓がドクンと大きく鼓動《こどう》を打った。

なんだか下肢が熱くなったような気がして慌《あわ》てて見直せば、自身の性器が頭を持ち上げている。形状は違うが、アドルファスと同じだ。

瞬《まばた》きをする間のような一瞬《いっしゅん》で、身体に変化があったのに驚いた。メルはそっと手を伸《の》ばし、性器に触《ふ》れてみる。今までは排泄《はいせつ》も必要がなかったので、ここに触れるのも初めてだ。

(柔《やわ》らかい……少し……硬《かた》い?)

滑《なめ》らかな手触《てざわ》りは心地《ここち》好《よ》く、一度ゆっくり手を動かした。

「……んっ」

たったそれだけで、驚くほどの刺激《しげき》が背中から下肢へと走り、メルは足に力が入らなくなってよろめいた。だが、床《ゆか》に崩《くず》れるかと思った身体は、逞《たくま》しい腕に支えられる。

「ア、アドルファス」

縋《すが》るようにその腕を摑《つか》めば、耳元で艶《つや》やかな声が囁《ささや》いた。

「一人遊びはまだ早い。今日はすべて俺がするから」

遊んでなどいないと訴《うった》えようにも、伸びてきた手に性器を握られた途端、口から飛び出したのは羞恥《しゅうち》を覚えるほどの甘い声だ。

「……んっ、はっ」

「ここに触れられるのは初めてか?」

「あっ……んっ、んぅ」

喘《あえ》ぎ声しか出せなくて、メルは必死に頷《うなず》いて答える。耳元でチュッと可愛《かわい》らしい音がして、

「可愛い」

蕩《とろ》けるような声が耳を侵《おか》した。

形をなぞるように動かされていた手は、やがて探《さぐ》るように様々な動きをし、メルはアドルファスの熱い胸に頬《ほお》を押し付ける。強過ぎる刺激に、視界が溢《あふ》れる涙《なみだ》で曇《くも》った。

そして、

「……ぁあっ」

唐突《とうとつ》に鋭《するど》い痛みのような快感が襲《おそ》ってきて背中を逸らしたメルは、くったりとアドルファスに身体《からだ》を預けてしまった。

(な……に、今の……)

初めての感覚は怖《こわ》くて、それ以上にとても気持ち良かった。性器はじんじんと熱いままだ。

その正体を知らないメルは、涙で潤《うる》んだ瞳《ひとみ》をアドルファスに向けた。

「……まだ出ないか」

「……ぇ……」

「きつかっただろう。身体を洗って出よう」

もしかしたら、アドルファスはメルのこの身体の変化のわけを知っているのだろうか。

何もかも知らないメルは、アドルファスに身を委《ゆだ》ねるしかなかった。

あの後、アドルファスは甲斐甲斐《かいがい》しくメルの世話をしてくれた。

性器は洗うためにまた触れられたが先ほどのように弄《いじ》られることはなく、綺麗に全身を丸洗いされた。その合間に自身も身体を洗っていたようで、メルのいつもの入浴時間よりかなり早く、風呂から出ることになった。

その時になってようやく足にも力が入るようになったが、脱衣所には着ていた服が脱ぎ捨てたままの形であるだけで、新しいものは用意されていなかった。

これは、この服を着たらいいのだろうか。

メルは手を伸ばしたが、それより先に大きな布を肩《かた》から掛《か》けられ、そのまま身体に巻かれて抱《だ》き上げられる。

「ま、まだ服を着ていないですよ」

「新しい服は明日用意させる」

メルには布をかけてくれたが、アドルファスは裸身のままだ。誰《だれ》もいないが、メルがいる。密着した身体に先ほどの刺激が思い返されて、なんだかとても落ち着かない。

ただ、このまま歩けるかというと自信もなかったので、アドルファスの腕の中、メルは身体を硬直《こうちょく》させておとなしくしていた。

連れていかれたのは寝室《しんしつ》だ。メルが五人は寝《ね》られそうな大きなベッドにそっと下ろされ、メルは覗《のぞ》き込んでくるアドルファスを見上げた。

見惚《みほ》れるほど綺麗な薄紫《うすむらさき》と薄翠《うすみどり》の瞳の中には、メルへの溢れるほどの愛があった。

愛されている――言葉以上に雄弁《ゆうべん》な瞳に、メルは胸がいっぱいになる。誰かに愛されること、そして誰かを愛することが、こんなに幸せなことだとは知らなかった。

もちろん、天使見習いとして、人間皆《みんな》の幸せを願っていた時も幸せだった。今でもその感覚は抜《ぬ》けていなくて、皆が幸せであってほしいと思っている。変わったのは、アドルファスに対する独占欲《どくせんよく》。アドルファスに愛されるのなら、きっとメルは誰かが泣いても構わない。

人間は、とても面倒《めんどう》で不便な存在だ。しかし、愛に溢れる存在だとも思えるようになった。

「……アドルファス」

仰向《あおむ》けのメルの眦《まなじり》から涙が零《こぼ》れる。それをそっと拭《ぬぐ》ってくれるアドルファスの指先を摑み、そっと口づけを落とした。

「あなたが好きです」

「……メル」

「あなたと会えてよかった」

次の瞬間、メルは奪《うば》うような激しい口づけを受けた。唇《くちびる》を割って入った舌は唾液《だえき》まですべて搦《から》めとり、息が詰《つ》まるほど深くメルを苛む。

いまだ口づけに慣れないメルはとっさにアドルファスの肩を摑むが、彼はますます激しくメルを貪《むさぼ》る。それはメルの頭が真っ白になって、身体から力が抜けてしまうまで続けられた。

「はっ……はぁ……あっ」

ようやく口づけから解放された時、メルの唇は唾液で濡れ光っていた。唇の端《はし》からはどちらのものかもわからない唾液が零れていて、再び近づいてきたアドルファスに舐《な》めとられる。

「……くるし……」

「メル」

突然《とつぜん》の行為《こうい》に抗議《こうぎ》するよう睨《にら》むが、目の前のアドルファスは嬉《うれ》し気に目を細めている。

「も……ど、して……」

「嬉しいことを言ってくれたからだ。俺も、お前を愛している。お前しかいらない、メル」

言葉と共に、温かな感情がメルを包んだ。強引《ごういん》な行為に文句を言いたかったはずなのに、大好きなアドルファスのすることはすべて許せてしまう。

いつからこんなふうに好きだったのか、メルにもよくわからない。ただ、きっと、初めて会った時から、自分にとってアドルファスは特別な人間だったのだと思った。

「あ……っ」

メルが許したのがわかったのか、アドルファスの唇が感謝を伝えるように額に下り、続いて頰に鼻に、そして唇に触れた。そのまま首筋に下りてきた唇は触れるだけだが、時折舌が舐めてくるのでくすぐったく、身をよじった拍子《ひょうし》に身体に巻かれていた布が解けてしまった。

露出《ろしゅつ》した身体を隠《かく》す間もなく、素早《すばや》く足の間に割って入ってきたアドルファスの身体。密着した肌の熱さに、知らず吐息《といき》が漏《も》れる。

「……ぁ」

その時、太腿《ふともも》に熱くて硬いものが触れた。それが何だろうかと無意識に手を伸ばして……指が触れて、慌てて手を引いたメルは、顔が熱くてたまらなくなった。

(あ、あれ、アドルファスの……っ)

脱衣《だつい》所で見たアドルファスの、あの凶暴《きょうぼう》な性器。風呂《ふろ》の中では極力見ないようにしていたが、ベッドの上で改めて触れたそれは妙《みょう》に生々しく、アドルファスの明確な欲《よく》を知らせてくれた。

その欲は、明らかに自分に向けられているのだ。

「ア、アドルファス、私、あの、それ……」

脱衣所でアドルファスがしてくれたように、メルもこれに触れた方がいいのだろうか。

「い、や、いい」

すりっと、それが太腿を滑《すべ》り、アドルファスの艶っぽい掠《かす》れた声が耳に届いた。

綺麗《きれい》すぎて、どこか人形のようにも思えていたアドルファスの顔が、妙に男臭《くさ》く、色っぽいものに変貌《へんぼう》している。

「んぁっ」

メルは一気に体温が上がった。アドルファスの色気が強烈《きょうれつ》過ぎて、耐性《たいせい》のないメルに対抗《たいこう》する術《すべ》はない。

再び性器に熱が集まったことに気づいたが、アドルファスの身体のせいで自分で触れることができない。うずうずとした感覚に我慢《がまん》できなくて、苦しくて、メルは半泣きになりながらアドルファスの身体にそれを擦《こす》り付けた。

「あっ、あんっ、ど、どうしよっ、これ……っ」

自分ではどうしていいのかわからない。泣きながら訴《うった》えるメルの唇がアドルファスのそれに塞《ふさ》がれ、次の瞬間には大きな手が性器を包み込んだ。

そのまま擦られ、再びさっきのような感覚が下肢《かし》を襲う。先ほどとは違《ちが》い、それが快感だとメルもわかっていた。アドルファスに与《あた》えられた新しい感覚。それを貪欲《どんよく》に求める自分がいて、恥《は》ずかしくてたまらないのに声さえも抑《おさ》えることができない。

「ア、アドッ」

はっきり口にしなくても、アドルファスはメルが望むことがわかるらしい。口づけをしながら、また性器を弄られる。もう感じるのは気持ちよさだけだ。

三度目の快感の後、アドルファスが身体を起こした。離《はな》れてしまうのが嫌《いや》で腕《うで》を掴《つか》むと、宥《なだ》めるような口づけが降る。

「……あぁ、やっぱりあった……くそ、あいつ……」

「……え？」

困惑《こんわく》した声の後、アドルファスが言った。

「……メル」

どこか緊張《きんちょう》した声に、メルはぼんやりとした視線を向ける。

「……俺という鎖《くさり》で、お前を繋《つな》げていたい」

「く……さり？」

「いいか？」

見下ろしてくる目は隠しきれない欲情《よくじょう》を孕《はら》んでいるのに、やはりメルの気持ちを聞いてくれる。どこまでも優《やさ》しい彼に、メルは素直《すなお》に頷《うなず》いた。

「……繋げて、ください」

どういう行為なのかも知らないまま返した言葉で、アドルファスの理性は崩壊《ほうかい》したようだ。

強引に両足を割られ、性器が丸見えの体勢にされた。

「これで、少しは痛みが和《やわ》らぐはずだ」

「な、何ですか？」

「香油《こうゆ》だ。濡《ぬ》らす時に使う……今度ちゃんと説明する」

そう言いながら下肢に何かを垂らされる。ぐちゅぐちゅと淫《みだ》らな水音と共に、性器と、そしてそのもっと奥までを嬲《なぶ》られ、メルはただその刺激《しげき》に身を委《ゆだ》ねた。

どうしてこんな場所を弄られるのかわからないが、アドルファスのすることに間違いはないと無条件に信じられた。

「……メル」

どのくらい経《た》っただろうか。

身体《からだ》の中にまで液を塗《ぬ》られたメルは、無意識にその時が来たのだと悟《さと》った。

男同士の性行為《せいこうい》の方法。これが、そうなのだ。

尻《しり》の奥に押し当てられたアドルファスの性器は、先ほどよりも大きくなったように感じる。

まだ一度も触《ふ》れていないそれを、メルの中が抱《だ》きしめるのだ。

「メル……ッ」

投げ出していた手にアドルファスのそれが重なり、強く握《にぎ》り合う。同時に、身体の中心に激痛が走った。とっさに身体が強張《こわば》ったが、アドルファスは止まらず腰《こし》を進めてくる。

（い……たっ、いた、いっ）

あんなところに、あんなにも大きなものが入ってくるのだ、痛くても当然だと思う。

我慢するように唇を引き結ぶが、重なってきた唇のせいで解《ほど》かれ、同時に身体に入っていた力が抜けた。

「メル、メルッ」

何度も何度も呼ばれる声。愛《いと》しさを含《ふく》んだそれに、アドルファスの動きに翻弄《ほんろう》されたメルは答えることができない。

それでも、覆《おお》いかぶさる胸に頬《ほお》を擦《す》り寄せた。大好きだと伝えるように、何度も何度も擦り寄せる。

メルの最奥《さいおう》を突《つ》く熱塊《ねっかい》から熱が伝わり、メルもまた己《おのれ》の性器が感じるのがわかった。

「あっ、はっ、あぁんっ、あっ」

「……っつ」

二人の息遣《いきづか》いと、肉体がぶつかる音が部屋の中に響《ひび》く。

そして。

「……くっ」

一段と深く突かれた瞬間《しゅんかん》、メルは身体の奥に広がる熱を感じた。

無性《むしょう》に幸せで、アドルファスに大好きだと伝えたい。でも、疲《つか》れすぎて声も出ないまま、メルは幸せな気分でゆっくり目を閉じた。

終章　幸せになること

「お久しぶりです、イェロニーム」

メルは王城に訪ねてきてくれたイェロニームを笑いながら迎《むか》えた。とても久しぶりなので会えて嬉《うれ》しい。

「もっと早くお会いしたかったのですが……邪魔《じゃま》をされましてね」

その視線が自分の隣《となり》に座る人物に向けられるのがわかって、メルはしかたがないなと軽くその膝《ひざ》を叩《たた》いた。


あの満月の夜から、半月ほど経った。

翌日は足腰《あしこし》が立たずベッドに臥《ふ》せっていたメルは知らなかったが、王城内はおろか王都中が大変な騒《さわ》ぎだったらしい。

王女や貴族の令嬢《れいじょう》ではなく、一人の平民が第二王子の婚約《こんやく》者になった。ブランデン王国の民《たみ》でもなく、さらに驚《おどろ》くことに少年だということ。

美しい黒髪《くろかみ》に黒い瞳《ひとみ》の少年からの口づけを受けた第二王子のアドルファスは、彼と結婚《けっこん》することを受け入れ、それを王に報告した。

同性同士の結婚はままあるが、子孫を残すことを望まれる王子がとなると、前代未聞《ぜんだいみもん》だったようだ。

しかし、第一王子と王妃《おうひ》の確執《かくしつ》が深まっている中、王位継承権《けいしょうけん》争いを憂慮《ゆうりょ》した第二王子が同性を伴侶《はんりょ》に選んだことはありえるかもしれないという話にもなっていて、メルが心配したほどの反発はないと、笑顔《えがお》のエルヴィンが教えてくれた。

隣国《りんごく》の王女も、アドルファスは同性が好きなのだと思ったのか、案外簡単に諦《あきら》めて帰国していった。

問題は王妃だ。

アドルファスの婚約が国内だけでなく諸外国にも通達されたというのに、いまだ納得《なっとく》せずに文句を言っているらしい。

ただ、アドルファスが会わせないようにしてくれているので、メルに直接的な被害《ひがい》はないが。

(きっと、話せばわかってくれると思う)

メル自身は、きちんと王妃に挨拶《あいさつ》をするつもりだ。彼女にいろいろ問題はあっても、メルが好きなアドルファスの母親なのだ。

「いつ教会に戻《もど》られますか？　みんなメル様の帰りを待っていますよ」

「え……と」

メルも一度は教会に戻って、世話になった人々に挨拶をしたいと思っている。ただ、過保護な……いや、意外なほど独占欲《どくせんよく》の強いアドルファスが側《そば》から離《はな》してくれないので、もう少し時間がかかりそうだ。

メルの苦笑《くしょう》に、イェロニームはアドルファスを見る。

「まったく、余裕《よゆう》がない男は嫌《きら》われますよ」

「メルは俺が好きだからな」

「ア、アドッ」

こんなところで恥《は》ずかしいことを言わないでほしい。熱くなる顔を隠《かく》したいが、片方の手はアドルファスに取られてしまった。

メルは繋がれた手を軽く揺《ゆ》らす。

「……」

「アドルファス」

言葉にしなくても、メルが言いたいことは伝わったようだ。

「戻る時は俺も一緒《いっしょ》だ」

明らかに不機嫌《ふきげん》な様子だが、それでもメルの気持ちを優先してくれる。

「もちろんです」

アドルファスを不安にさせてまで優先すべきことはない。
メルは大切な番《つがい》の機嫌を直すため、繋《つな》がった手を引き寄せてその指先に口づけをした。

end

あとがき

こんにちは、chi－coです。今回は「人嫌《ぎら》い王子と祝福の花嫁」を手にとっていただいてありがとうございます。

ファンタジーでは王道に入るのではないでしょうか、天使です。今回は人ではないものが主人公になりました。純粋培養《じゅんすいばいよう》の天然天使を書くのはとても楽しかったです。天使なので特別な力があるのもいいかなとは思いましたが、今回は僅《わず》かな力以外はいろいろ自力で頑張《がんば》ってくれました。

本当にいい子です。

お相手は王子様。こちらは性格に難ありの、あまりヒーローっぽくない攻《せ》め様です。自分を取り巻く状況《じょうきょう》を打破したいのに、なかなか動けないでいる鬱々《うつうつ》とした彼が、天使と出会って少しずつ心境が変化していく様を楽しんでいただきたいです。

今回のイラストレーターさんも北沢《きたざわ》きょう先生です。何度お付き合いいただいているでしょうか。毎回、想像の上をいく主人公たちを描《か》いてくださっていて、ラフ画を拝見するたび「おぉっ」と驚《おどろ》いています。今回も人外の天使と、絶世の美男（笑）の王子様を完璧《かんぺき》に表現していただきました。

やはり絵があると想像が膨《ふく》らみます。本当に綺麗《きれい》なイラストを描いていただき、ありがとうございました。

今回はお気に入りのサブキャラが出てきます。主人公たち以上に目立っているかもしれない(笑)。本筋とはまた違《ちが》った部分でにやりとしていただけたらと思います。

大好きな溺愛《できあい》もの、みなさんもぜひ楽しんでください。

サイト名『your songs』

http://chi-co.sakura.ne.jp

KADOKAWA RUBY BUNKO

人嫌《ひとぎら》い王子《おうじ》と祝福《しゆくふく》の花嫁《はなよめ》

chi-co《ちーこ》

角川ルビー文庫　23487

2023年1月1日　初版発行

発行者——山下直久
発　行——株式会社KADOKAWA
〒102-8177　東京都千代田区富士見2-13-3
電話 0570-002-301（ナビダイヤル）
印刷所——株式会社暁印刷
製本所——本間製本株式会社
装幀者——鈴木洋介

ISBN978-4-04-113300-2　C0193　定価はカバーに表示してあります。

KADOKAWA RUBY BUNKO

角川ルビー文庫

いつも「ルビー文庫」を
ご愛読いただきありがとうございます。
今回の作品はいかがでしたか？
ぜひ、ご感想をお寄せください。

〈ファンレターのあて先〉

〒102-8177 東京都千代田区富士見 2-13-3
株式会社KADOKAWA
ルビー文庫編集部気付
「chi-co先生」係

狼殿下に
銀色子狐の蜜惑
真崎ひかる
Masaki Hikaru presents
食らい尽くしたくなる。
俺はケダモノだ。
溺愛ダダ漏れの黒狼殿下
×
この世の宝珠・銀狐
つがい♥異世界ファンタジー
イラスト／明神 翼
月下に輝く銀狐は、男性でも愛するものの子を孕むという──。
満月の夜、黒狼族の貴族・黒曜に引き取られた犬族の御影の身体から
甘く芳しい花の香りが滴り、黒曜の心と体を昂らせる。
衝動のままに御影を抱き蕩かしてしまう!

虎王子に溺愛されて、
子作りすることになりました。
おまえが俺の子を
産めばいい。
Hikaru Masaki
真崎ひかる
イラスト／森原八鹿
高潔な虎王子×溺愛される『ひとのこ』の
異世界♥子作りファンタジー
怪しげな種を飲み込んでしまった望月は異世界へと攫われ、虎王子の世継ぎとなる卵を産むことに!? 断固拒否をしていたが、王子・雷牙の不器用で情熱的な愛情と唇の甘さに溶かされていく。更に望月の父は異世界とかかわりが？

真崎ひかる
Hikaru Masaki
フェンリル王と永遠の花嫁
俺に愛を教えたのは、おまえだ。
愛を知らず狼に変えられた
城主の魔法を解くのは、
純真な恋を捧げる浪人生
父の支配から逃げて乃依流はフィンランドへ。
森で霧に包まれた古城に迷い込み、
幼い頃に助けてくれた美丈夫・フェンリルと再会する。
だが、フェンリルは冷たく『呪われた』狼の耳と尻尾を見せ、
乃依流の首筋を甘く舐め溶かし!?
ill. こうじま奈月
Sketch Book

ルビー文庫

竜人皇帝の
溺愛花嫁
恋を知らない竜人皇帝×
希少種の孤独な青年
湘さまを救いたい。だから、
オレの命を捧げます――。
Novel
市川紗弓
イラスト／古澤エノ
身寄りのない病弱な子供の治療費の為、
蒼霖は希少な「鱗」を生み出せる
力を使って密売に関わり、
取り締まりに突入した警吏に助けられる。
彼は身分を隠した若き皇帝で、
蒼霖を匿うため後宮で働くよう
提案してきて…？